Trente Six Chandelles, & le nez dessus, le pauvre
Scapin n'y voit goute.

'ANN'QUIN BREDOUILLE,

OÙ

LE PETIT COUSIN

DE

TRISTRAM SHANDY.

Œuvre posthume de Jacqueline Ly-
curgues , actuellement fifre-major
au greffe des menus Derviches.

Par l'Auteur de BLANÇAY.

TOME PREMIER.

A PARIS,

Chez LOUIS, Libraire et Commission-
naire , rue Saint-Severin, Nº. 29.

1792.

PRÉFACE.

; ! * * * (. . . .) = — ? , .

, . , . . , Ε ! . ! ! ! ! ! — a

y. — Ɔ * * * * : : : : — ;

; — ? ? ? ? R ! È ! Q : » » »

» » — ; ; ; ; ; Ç , , (—)

. . . . M. J. = — — - Æ

Œ Æ . . . .

- ! : Æ æ W Ê É Œ ! : w D,

Ç K Æ ç w W Ê É È ; , N q

ı e , k æ Ê Œ w æ Ç œ M

; ! ! ! ! ! ! ! ! ! ! ! ! ! ! ! ! !

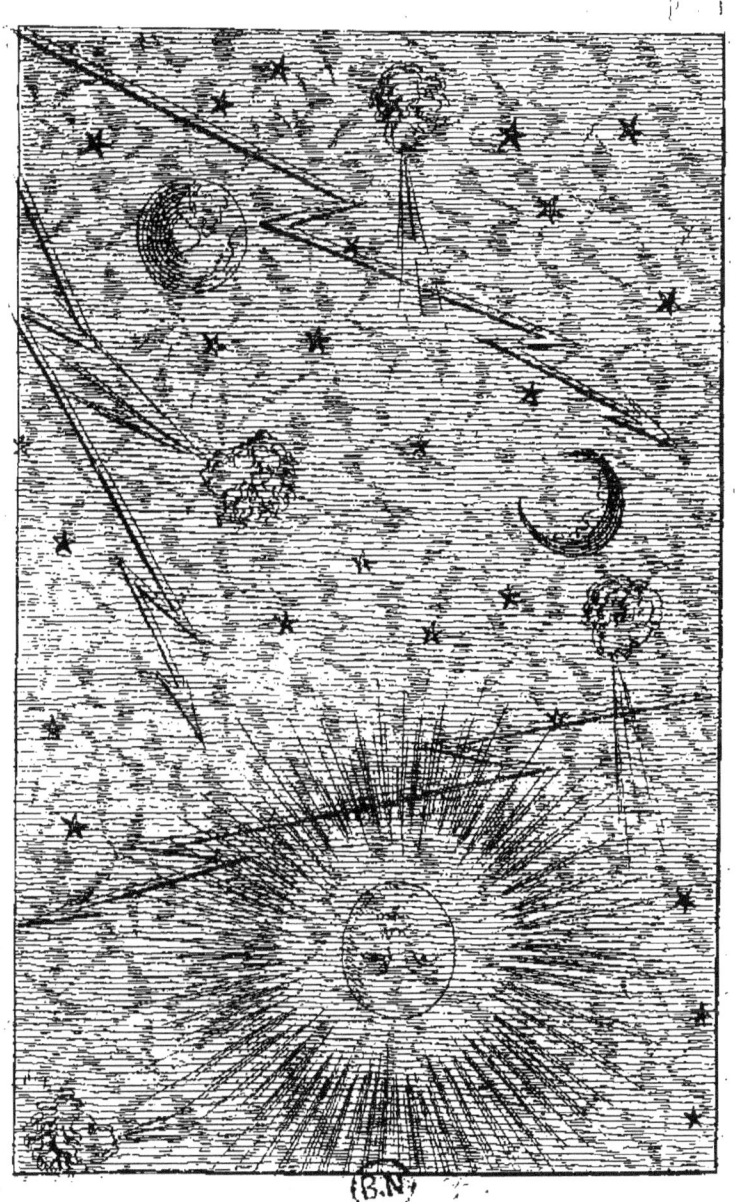

'ANN'QUIN BREDOUILLE.

CHAPITRE XXXVII.

Faisant suite à 36 autres, restés sous les scellés de l'Aréopage du Mont - Aventin, dans un porte-feuille rouge, à comparti-mens bleus, fermé avec des ru-bans blancs.

. . . .
. . . .

« TU as raison, mon cher petit Adule ; cette Madame Jer'nifle est

A

insupportable : et désormais je suivrai . . . . . »

Mais pour ceux qui ne connaissent pas les trente-six chapitres précédens, ne faudroit-il pas, avant de continuer, leur dire d'abord qui est-ce qui parle ; ensuite ce que c'est que ce petit Adule et cette Madame Jer'nifle ?

Celui qui parle est mon très-cher oncle, Jean-Claude 'Ann'quin Bredouille . . . . C'est tout ce qu'il m'est permis d'en dire, pour le moment. Vous pourrez savoir dans la suite, et vous approuverez sûrement les raisons puissantes qui me condamnent au silence.

Il avoit un grand défaut, mon cher oncle Bredouille, c'était de

ne pas avoir un caractère assez
arrêté, et cela lui a fait faire d'autant plus de sottises, que, dès son
enfance, il a eu pour compagnon
inséparable ce petit Adule, qui ne
manquoit jamais de donner son
approbation à tout.

Et c'est une peste cruellement
dangereuse, que ces approbateurs.
Avec eux on vous fait des milliers
de sottises, comme si de rien n'étoit.
Pas un seul petit remords qui vienne
à la traverse : on va toujours devant soi sans s'inquiéter où l'on
met le pied, et l'on se trouve au
fond du bourbier avant de s'appercevoir. . . . . .

Adule ne se contentoit pas d'approuver. Il conseilloit ; et point

ne manquoit le fripon de jouer dans
le jeu de mon pauvre oncle. D'ailleurs le drôle étoit si insinuant !
si caressant ! si adroit à saisir le
côté faible ! De plus fins y auroient
été pris.

Madame Jer'nifle étoit tout le
contraire. Elle avoit l'humeur difficile ; elle ne donnoit son approbation qu'à bonnes enseignes. Encore étoit-ce si froidement ! Pour
des représentations, des reproches,
oh ! de cela, elle n'en étoit pas
chiche, et la plus petite faute la
trouvoit prête à gourmander sans
miséricorde.

De même qu'Adule, elle ne
quittoit pas mon oncle ; mais avec
cette différence, que c'étoit pres-

que malgré lui. Il l'avoit mal ac-
cueillie, rechignoit à ses remontrances, la bourroit même quelquefois. N'importe, l'opiniâtre personne n'en tenoit compte. Elle
s'étoit accrochée à lui comme l'homme d'Horace ; et quand elle jugeoit à propos de lui faire un ser-
mon, il falloit, bon gré, mal-gré,
qu'il l'entendît jusqu'au bout.

Heureusement il restoit à mon
oncle un réfuge contre la grogne-
rie de la trop sévère Madame Jernifle, et un antidote contre les
dangereuses cajoleries du séduisant
Adule, c'étoit son cœur, qu'il avoit
excellent, et qui, s'il ne réparoit
pas toutes ses sottises, en faisoit
du moins excuser une partie.

A 3

CHAPITRE XXXVIII.

De quel pays étoit mon oncle.

Mon oncle Bredouille étoit
du pays des Néomanes . . . . . .
Bon ! ne voilà-t-il pas que les
pédans Grecs du pays Latin vont
trouver, à l'aide de leurs *Racines*
Grecques, que cela veut dire amateurs de nouveautés , et même
amateurs jusqu'à la folie !

Delà les interprétations, les ap-
plications ; les intentions, les fi-
nesses, par conséquent, pâture pour
ces Messieurs au petit crochet.

Je serois vraiment fâché qu'on
y vît tant de choses ; car , moi, je

n'y entends pas malice, et suis trop modeste pour vouloir être plus élevé que je ne me place moi-même.

Tel s'appeloit le pays de mon oncle Jean-Claude Bredouille, tel je vous le nomme ici. Il m'eût été tout aussi facile d'écrire Cocagne, si c'eût été effectivement le pays de Cocagne ; mais je vous assure que ce n'étoit pas lui.

Si vous voulez les croire, ils vous diront encore qu'Adule et Madame Jer'nifle sont des êtres moraux ; que l'un est l'amour-propre, et l'autre la raison ; mais vous savez bien . . . . vous en savez assez, pour que je ne vous en dise pas davantage.

CHAPITRE XXXIX.

Description historique du pays de mon oncle.

DES montagnes et des vallées, cela est tout simple. Dans les vallées, une grande quantité d'eau, et point de pente pour son écoulement. Partant un sol fangeux, des marais, une atmosphère épaisse, un air stagnant, et de-là, des habitans mous, pesans, lâches : point de jeu dans les organes, point de ressort dans les fibres, et plutôt une végétation qu'une existence.

Sur les montagnes, une sécheresse insupportable ; mais un sol

plein de sels , un air libre , élas-
tique : du courage , de l'activité
dans les habitans.

Au fond le terrein étoit excellent par-tout le pays : mais il n'en
produisoit pas davantage ; dans les
marais , parce qu'il étoit trop dé-
trempé , sur les montagnes , parce
qu'il étoit trop aride.

Un beau jour , les habitans de
la montagne avoient dit à ceux de
la plaine : -- « Vous ayez trop d'eau,
nous en manquons ; arrangeons-
nous pour que tout le monde soit
content. Nous allons établir des
pompes qui élèveront jusqu'à nous
une partie de cette eau. . . . . .
Quand elle aura arrosé , fertilisé
nos terres , elle vous retournera :

mais elle sera battue, et par conséquent plus pure. D'ailleurs nous
lui aurons donné une impulsion
dont l'effet, en se prolongeant,
l'empêchera de stagner autour de
vous. Vos contrées seront assaisinies
et vous acquerrez tout ce qui
vous manque ; ainsi le bien que
vous nous aurez fait en deviendra
un pour vous-mêmes. »

— « Bravo, bravissimo, » s'écria-
t-on de toutes parts.

CHAPITRE XL.

Suite du précédent.

A MESURE que les pompes tra-
vailloient, les vallains redoubloient
leurs cris de joie.

A mesure que leurs roseaux se découvroient, ils les brûloient où en faisoient des turlutaines.

A mesure que leur terrein se desséchoit, ils le fouloient de leurs danses ; et tout cela en l'honneur de ceux d'en haut, à qui ils devoient les fertilisantes pompes.

Le succès à peine en train, des voisins jaloux se présentèrent pour en recueillir les fruits, avant que les vallains fussent sortis de leur ancien engourdissement : mais ceux d'en haut veilloient pour eux ; les uns se chargèrent de diriger, les autres eurent la vertu de se borner à agir : les voisins ambitieux ne tinrent pas contre cet accord, et tout alloit le mieux du monde.

-- « Ce n'est , parbleu ! pas chose aisée » , disoit mon oncle Bredouille ; » depuis que j'existe je fais l'impossible pour accorder Adulé et Madame Jer'niflé ; et jamais je n'ai pu on venir à bout ».

« Quand l'un est content , l'autre boude ; et , si je veux faire la paix avec celle-ci, me voilà brouillé avec celui-là. Que je me fasse brebis, le loup me mangera. Que je me fasse loup, on va me courir sus. O misère d'ici-bas ! Comment faut-il donc faire? »

CHAPITRE

CHAPITRE XLI.

Faisant le préliminaire du quarante-deuxième.

AVEZ-VOUS vu beaucoup de conventions durer long-tems, sans que de part et d'autre on ait plus ou moins cherché à étendre les conditions à son avantage ?

-- « Ma foi ! non, » répond le Bedeau. « Et tenez, encore, dernièrement, ce chat perdu que Claude a ramassé. Ses miaulemens touchans semblaient dire : -- *Nourrissez moi ; je détruirai les souris qui mangent votre grain.* Claude accepte la proposition. Point du tout ;

B

une fois installé , Minon trouve que
des morceaux tout apprêtés sont
plus commodes que du gibier après
lequel il faut courir. Il part de-là
pour manger beaucoup , et chasser
peu. Claude , au contraire, vouloit
le nourrir peu , afin qu'il chassât
beaucoup. »

« Minon , indigné de ce qu'on
lui fait une trop petite portion,
prend le parti de se la faire lui-
même. »

« Claude piqué, veut argumenter
du balai. »

« Minon montre les griffes . . .
. . . . . Claude frappe. »

« . . . . . Minon égratigne . . . .
. . . .
. . . .

CHAPITRE XLII.

Qui n'étonnera personne.

A PEINE les pompes eurent-elles commencé *à désinonder* la plaine, que les vallains voulurent en ralentir le jeu.

Les gens d'en haut, au contraire, qui s'étoient accoutumés à un arrosement abondant, et qui le regardoient comme le prix du service qu'ils avoient rendu aux autres, voulaient l'augmenter, au lieu de le diminuer.

Ceux-ci avoient l'avantage du terrein : de plus, une supériorité en raison de l'élévation du local ; car,

B 2

demandez à nos grands hommes, le moral s'élève toujours à la latitude du physique. « *et vice versâ.* »

A ces avantages, ils en avoient ajouté un autre, celui d'avoir des réservoirs très-remplis, avec lesquels ils étoient les maîtres de submerger les vallains.

Ces derniers ne pouvant pas employer la force ouverte, avoient recours à la ruse; et le jeu des pompes se trouvoit souvent embarassé par des graviers que l'on y jetoit furtivement.

Ceux d'en haut, qui ne vouloient rien perdre de ce que le traité leur accordoit, établirent de nouvelles pompes, afin de remplacer celles dont le service étoit suspendu.

De-là ,

Les observations ,

   Les réponses ;

Les remontrances ,

   Les répliques ;

Les reproches ,

   Les humeurs ;

Résistance ,

   Insistance ;

etc. etc. etc.

   etc. etc. etc.

Une fois les cartes brouillées,
on joua au plus fin et au plus fort.

D'un côté, un plus grand nombre de pompes, de plus grands
diamètres , un mouvement plus accéléré.

De l'autre, des tuyaux crevés,
des filets d'eau détournés, etc. etc.

Pendant ces débats, les vallains, sans rien dire, portoient une pierre ici, une pierre-là; creusoient dans un coin, élevoient dans un autre. Insensiblement il se trouva que leur pays étoit couvert de digues et nivelé avec les pentes convenables, pour ne plus craindre cette submersion stagnante, qui autrefois les avoit si lâchement *enfibrés*.

Ils n'avoient pas manqué de préparer une foule de petits canaux imperceptibles, pour se garantir de l'effet des réservoirs supérieurs, si on en ouvroit les écluses.

Enfin on découvrit d'en haut tous ces préparatifs; mais il étoit trop tard.

— « Vous êtes infidèles au traité, » disoit-on de chaque côté, « et de

chaque côté, on ne manquoit de répondre, vous l'avez été les premiers ».

Et de-là le dialogue suivant.

Presto, crescendo e rinforzando di più in più.

{ C'est vous..... c'est vous...... c'est
{ ... *C'est vous...... c'est vous...*

{ Vous... c'est vous... c'est vous...c'est
{ *C'est vous. c'est vous, c'est vous....*

{ C'est vous... c'est vous... c'est vous.
{ *Vous c'est vous. c'est vous. c'est.*

Enfin la voix ne pouvant plus y suffire,
on en vint à se montrer les dents.

CHAPITRE XLIII.

Le quart-d'heure de Rabelais.

— « EH! Messieurs, » dit le maître Locandier, en entrant dans la salle à manger; « quel bruit! quel tapage! quel vacarme avec votre histoire des pompes ! Pendant que vous vous amusez à la moutarde , les huissiers environnent la maison. 'Ne ferions-nous pas mieux de nous réunir pour les satisfaire ? Tenez, voici le compte de la dépense faite en commun. Boursillons et renvoyons ces Messieurs. »

— « Voyons cela. Comment diable avons-nous pu faire tant de dépense ?

— « Je ne le sais guère plus que vous ; mais elle est faite : nous devons, il faut payer ; je n'y vois que cela. Quant à moi, voilà ma bourse ; puisez-y tant que vous pourrez, je consens à ne pas avoir d'habit neuf à Pâques, à ne manger, tant qu'il plaira à Dieu, que du lard rance sur du pain bis, pourvû que nous fassions toucher les deux bouts : mais je ne le puis à moi seul. D'ailleurs, nous avons tous, plus ou moins tâté du fricot : il est juste...... »

« Il n'y a qu'une difficulté, » répond l'un, « C'est qu'au lieu d'être en posture de payer, je voudrois bien que ces Messieurs me fissent de nouveaux prêts, sauf à grossir le total. »

« -- Pour moi » dit le second, « je me trouve bien comme je suis. Je ne demande plus rien : mais je ne donne rien. »

-- « Monsieur le Locandier, » dit le troisième, « tant que je l'ai pu, j'ai donné de petits-à-comptes. Le peu qui me reste, par ma figue! je le garde jusqu'à ce que ces Messieurs ayent prêché d'exemple, aussi droitement que vous, qui êtes le plus brave homme que je connoisse, »

-- « Mais, Messieurs, tous ces beaux discours ne font rien à ces Huissiers qui sont-là. Ne les entendez-vous pas qui se fâchent?

-- « Laissez-moi faire, » reprend l'un, en relevant ses moustaches.

« Eh ! non , » reprit l'autre , en l'arrêtant , « je vais leur faire une belle prêcherie sur la patience ; et vous verrez.........

— « Ce n'est pas cela , » ajouta le troisième. « Brave homme, » dit-il au Locandier , « vous avez une ferme qui ne paroît mauvaise , que parce qu'elle a été forcée. Prouvons leur, que le terrein est bon , qu'en la soignant , elle aura bientôt rendu de quoi les payer. Puis nous nous mettrons à travailler de toutes nos forces ; et je réponds du reste. »

— « Bravo, » dirent les deux autres.

Le premier ajouta : — « Si quelque discourtois vouloit mettre obstacle au succès, il me pourfendroit avant que je le laissasse couper un seul épi. »

— « Je garantis une pleine réussite, » ajouta le second, « car je me charge de mettre les Ethéréens dans nos intérêts. »

Le troisième ouvrit la bouche pour faire une observation : mais l'histoire des pompes vint à la traverse.

CHAPITRE XLIV.

Les deux conseils.

AU milieu de ces disputes sur les pompes, ce coquin d'Adule ne manquoit pas de faire des siennes. Il couroit des uns aux autres, leur disant

disant à tous dans le tuyau de
l'oreille.

-- « C'est vous qui avez raison.....
Il n'y a que vous qui ayez raison.....
Et vous avez raison sur tous les
points .... tenez bon , vous
l'emporterez. Que diroit-on si vous
cédiez le moindre fétu ? Le bourg
entier se mocqueroit de vous. Il en
coûtera , mais n'importe , on ne sauroit acheter trop cher la gloire de
ne pas céder.

Bien est-il vrai , que la mère
Jer'nifle venoit ensuite ; car elle
va tout clopinant, cette mère Jer'-
nifle, et ne sait jamais être la première ; ce qui est bien tant-pis ;
au lieu que ce fripon d'Adule est

C

toujours-là au moment précis, ce
qui est encore plus tant-pis.

— « Ne croyez pas ce petit su-
borneur », s'écrioit-elle, « il ne
vous fera faire que des sottises, et
de grandes sottises. Vous avez tous
raison sur quelques points ; cela
est vrai : mais ce qui ne l'est pas
moins, c'est que vous avez tort
sur beaucoup. Lâchez un peu prise
de chaque côté ; sinon, vous savez ce qui arrive quand deux enfans veulent s'arracher un ruban,
et qu'il vient à se casser : chacun
tombe et va donner du cul par
terre, plus ou moins rudement,
suivant qu'il tiroit plus ou moins
fort. Il n'y a que les sots qui n'ap-
prouvent pas que l'on céde. Je
vous réponds du suffrage de ceux

qui pensent et qui voyent juste. C'est d'ailleurs le seul moyen de vivre en paix. »

Malheureusement, en débitant ces excellentes maximes, madame Jer'nifle avoit ce diable d'air sec, qui gâte les meilleurs argumens ; sa mine étoit renfrognée, son regard sévère, sa voix rude. Ce qui choquoit d'autant plus qu'Adule avoit un ton mielleux, un air caressant, une tournure séduisante,

Cependant il arrivoit quelquefois que ses petits trophées étoient renversés par Madame Jer'nifle. Cette fois-ci fut du nombre. Au moins sentit-on la nécessité de faire quelques réflexions, avant de se déclarer une guerre ouverte.

CHAPITRE XLV.

A quoi expose une confiance mal placée.

C'ETAIT le cas, ou jamais, de réfléchir, et même de réfléchir profondement : mais le trop de tems donné à la réflexion est autant de pris sur celui qui appartient à l'action. Alors le feu s'éteint, et la cuisine ne fume plus.

Il y avoit bien dans cette affaire un peu de sommeil : mais ce n'étoit point la faute du maître. Un maître ne peut pas tout faire par lui-même. Il faudroit qu'il fût plusieurs. Il ne peut que faire faire ; et cela est plus

difficile qu'on ne croit. Celui-ci avoit
confié la cuisine à un Major-dome,
dont le bourg lui avoit unanimement
vanté le mérite. Partant, il étoit
sans défiance. Et comment en auroit-
il eu ? Adule étoit toujours auprès
de lui, chantant, ou jouant sur la
plus douce des flûtes, des airs d'une
insinuance enivrante, et à la fin desquels il ramenoit constamment ce
refrain ; -- *Tout va le mieux du
monde.*

Tout-à-coup madame Jer'nifle,
qui étoit venue clopin clopant, mais
qui enfin étoit arrivée, tire brusque-
ment les rideaux du lit, brise la
flûte d'Adule. -- Maudit serpent !
s'écria-t-elle, « qui berce ainsi son
monde avec des airs de turlutaine.

C 3

au moment où la plus grande partie de la maisonnée va manquer de soupe ! »

-- » Que dites-vous ? s'écria à son tour le bon Maître en se réveillant en sursaut. » Je m'en passerois plutôt que de le souffrir. Donnez-leur, donnez-leur ma part. J'aime mieux me coucher sans souper.»

-- » Je vous reconnois-là « , dit madame Jer'nifle ; mais c'est que votre part à vous-même court autant de risque que les autres, puisque le feu de l'âtre est éteint. »

-- » Dieu ! que m'apprenez-vous ? ces chers enfans ! comment pourrions-nous faire pour qu'ils aient à souper ? »

Le pis de cela, c'étoit que le

bûcher que l'on croyoit garni ne l'étoit nullement.

Il en fut d'autant plus étonné, qu'en le visitant, il en avoit à peine trouvé la première pile entamée. Mais c'est que l'on déménageoit par derrière, et qu'ainsi on l'avoit réduit à une surface qui ensuite avoit été consommée en un clin-d'œil.

Grande colère; encore plus grand chagrin : mais ni l'un ni l'autre n'est un remède à rien.

Ce qui en fut un, au moins pour le moment, ce fut le bonheur qu'à force de représentations, de promesses, on eut de faire apporter par celui-ci une brindille, par celui-là un copeau, par un autre une poignée de paille : un luron des grenades

donna le feu de sa pipe . . . .
Enfin qui une chose, qui une autre,
on vint à bout de faire bouillir tout
doucement la marmite.

CHAPITRE XLVI.

Première sottise de mon Oncle.

QUEL dommage qu'Adule n'ait
pas la modération, le bon sens, la
droiture de madame Jer'nifle ! et
que madame Jer'nifle n'ait pas la
prestesse, la gentillesse, la persua-
sion d'Adule ! que de maux il y auroit de moins sur notre pauvre globe!
Que de biens il y auroit à la place de
ces maux-là !

Par exemple, l'histoire des pompes

se seroit arrangée tout de suite ; et
mon cher oncle Bredouille seroit
encore dans la modeste chaumière
que sa famille occupoit de tems im-
mémorial.

— » C'étoit bon pour ces gens-là
dit Adule, en prenant ce ton dédaigneux qui fait faire aux sots ce que
l'on veut, par la crainte qu'ils ont
d'en devenir, ou de continuer d'en
être l'objet. » Mais toi, mon cher
Bredouille , comment peux - tu ,
avec les moyens que le ciel t'a dépar-
tis , te restreindre à une sphère d'activité aussi étroite ? A peine s'etend-
elle à quatre enjambées autour de ton
chétif réduit ; excepté cinq ou six
voisines qui viennent veiller chez toi,
deux ou trois vieillards dont tu écou-

tes les radotages, quelques malades
que tu soignes, une poignée d'enfans à qui tu distribues des pains d'é-
pices quand le maître d'école est
content d'eux, il n'est pas plus question de toi dans le monde que si
tu n'y étois pas; allons, mon ami,
voici une occasion de te faire con-
naitre, de briller. Ne la laisse pas
échapper, mon cher Bredouille. La
gloire, la gloire. ! ! ! ! ! ! ! ! !

Mon oncle tout émoustillé, se
lève, prend son élan. . . . . . .
Mais il se sent retenu par la manche.
C'étoit madame Jer'nifle qui lui dit:
-- » Etourdi, que vas-tu faire? Le
sacrifice d'un bonheur certain à une
gloire plus qu'incertaine. Et quand
elle seroit sûre, quelle gloire vaudra

jamais ces jouissances douces et simples que tu goûtes dans ta paisible re-
traite ? L'admiration du monde entier
vaut-elle seulement l'amitié de ces
bambins. . . . . ? Le monde,
quelque bien que l'on lui fasse, il
est rare qu'il ne soit pas ingrat. Tandis qu'avec eux, quelques pains d'é-
pices t'assurent une moisson de reconnoissance. Et ce peu de voisins
que tu accueilles, que tu soulages,
tu en es aimé. Etre aimé ! . . . . .
que faut-il de plus sur la terre ?

Pendant ce sage discours, Adule
avoit disposé un prisme. Il le présente tout-à-coup. Mon oncle est
enchanté. Madame Jer'nifle elle-même a un moment d'éblouissement.
Le petit drôle en profite, lui esca-

motte la manche, (du pourpoint)
par laquelle elle retenoit mon oncle;
et zeste voilà qu'entrainé par lui, le
pauvre Bredouille est à l'instant hors
de portée de la sermoneuse.

CHAPITRE XLVII.

Pauvre début.

IL n'alla pas encore assez vîte, car
il arriva trop tard. La place étoit
déjà prise par un des plus francs pi-
peurs qu'il y eût à dix arpens à la ronde , ayant ses poches pleines de poudre à perlinpinpin, qu'il jetoit aux
yeux des bayeurs qui l'entouroient.
Puis, quand il les avoit bien aveuglés,
il les étourdissoit avec des Ponts-
Neuf

Neufs qu'il jouoit sur un cor d'une force à briser les tympans les plus aguerris, et son refrain continuel étoit -- » Mes amis ; chargez moi d'aller au marché, je vous réponds que, telle quantité que vous ayez de tranches de pain, je vous apporterai encore plus de beure ».

Mon oncle, poussé par Adule, avoit beau souffler dans sa petite turlutaine, on ne se doutoit presque pas qu'il fût-là, Il avoit de plus la mal-adresse d'y aller tout simplement, et de mêler aux refrains de Pont-Neufs, des refrains de l'autre Pont ; et le pipeur qui avoit précédé, avoit déjà accoutumé son auditoire à ne plus vouloir que des premiers. Par une autre mal-adresse,

I   D

mon oncle se contentoit de leur dire. — » Je vous apporterai tant de
beure que je pourrai : mais, pour être
sûrs de ne pas décompter, ne prépa-
rez des tranches de pain qu'en nombre suffisant. »

Enfin il pérora si prudemment, il
se montra si modéré, il annonça des
principes si sages qu'il se vit éconduit.

En s'en retournant, Adule avoit
l'oreille basse ; il tâchoit bien de dé-
guiser son dépit, en criant à qui
vouloit l'entendre; — « c'est qu'ils ne
s'y connoissent pas. » Mais à travers
le ton dédaigneux qu'il affichoit, on
appercevoit, et de reste, combien il
souffroit de l'humiliation qu'il venoit
d'éprouver.

Ce fut encore bien pis, lorsqu'en rentrant au logis, il fallut essuyer les observations de Madame Jer'niſle. — » Vous le voyez, « diſoit-elle à mon oncle, » le premier pas que vous faites dans cette belle carrière vous vaut une mortification. Ce n'eſt pas là tout. Pendant que vous vous occupiez du beurre et du pain des autres, le chat a emporté une partie de nos provisions. »

CHAPITRE XLVIII.

Entêtement.

CE qu'il y a de plus fâcheux quand on a enfilé le mauvais chemin, c'eſt qu'au lieu de rétrograder dès le pre-

mier pas, on s'obstine à poursuivre.
Adule sur-tout a ce défaut-là au suprême dégré. Quand une fois il est
entré dans la boue jusqu'à la cheville,
il s'embourberoit jusqu'à la jarretière,
jusqu'au cou, plutôt que de reculer ; et cela par la fausse honte de se
montrer un peu croté.

-- « N'en ayons pas le démenti, »
disoit-il à mon oncle ; « allons-y pour
notre compte. Il y coule une
grande rivière : l'eau en sera plus
batue que jamais, parconséquent bien
trouble, bien favorable à la pêche ;
et c'est dans les grandes rivières que
l'on prend les plus gros poissons. »

Madame Jer'nifle voulut observer
que c'étoit aussi-là que l'on couroit
le plus le risque de se noyer : mais

elle ne fut pas écoutée, et Adule continua.

-- » Si nous sommes heureux, quand nous reviendrons, une belle réputation nous précédera, l'admiration nous accueillera ; nous y ajouterons par des récits qu'il ne tiendra qu'à nous d'exagérer. Tous ces familiers amis qui, lorsqu'ils mangent avec nous, mettent sans façon leur cuillier dans notre écuelle, n'oseront plus s'asseoir à notre table que dans une contenance respectueuse. Si nous avions le malheur d'échouer, ce qui est impossible avec vos talens, » (Le fripon n'oublioit jamais l'amorce) eh bien! qu'importe ? nous n'aurons pour témoin personne qui nous connoisse. Le défaut de succès n'est

rien; c'est la honte qui est tout, et
on ne l'éprouve guère vis-à-vis des
inconnus. »

A la vibration que ce discours causoit aux fibres vaniteuses de mon oncle, Madame Jer'nifle juge a qu'elle
ne gagneroit rien à continuer ses reproches.

-- » Je ne le vois que trop, « dit-
elle; » tant que l'expérience ne
viendra pas à l'appui de mes conseils, vous ne voudrez pas y croire.
Essayons-en donc; et partons pour
ce pays dont vous vous promettez
tant de merveilles. »

On auroit volontiers dispensé cette
grondeuse d'être de la partie,
mais la commère étoit tenace : et
quelque mauvaise mine qu'on lui fit,
elle ne lâchoit jamais prise.

CHAPITRE XLIX.

Attaque à laquelle mon oncle
auroit dû succomber.

Aussi-tot que ce mot de départ
fut prononcé, mon oncle se vit dans
une position d'autant plus difficile,
que son cœur étoit attaqué; et je
crois l'avoir dit, il l'avoit excellent.

Eh! comment, à moins qu'il n'eût
été de ces gens encroutés d'égoisme,
comment auroit-il pu, sans être
ébranlé dans son projet, se voir
entouré des regrets, des inquiétudes, des sollicitations de ces bonnes
gens dont le voisinage avoit jusqu'à-
lors fait son bonheur?

J....

Cette attaque imprévue lui fait faire tout-à-coup une *vire-volte* sur lui-même : son cœur éprouve un serrement, une larme vient sur sa paupière. C'en est fait, Adule, aumoins cette fois, va être éconduit. ....
Mais non. Le drôle a tiré de sa fertile et souple imagination un de ces moyens obliques qui vous donnent en toute sûreté de conscience la facilité de ne pas changer un iota au plan que vous avez arrêté. –– » Mes amis, leur dit mon oncle, soufflé par le petit tartuffe , » c'est précisément parce que je vous aime que j'ai le courage de m'éloigner de vous pendant quelque tems. Je ne vous quitte qu'afin de vous apporter..........
...., Et il promit à chacun, suivant

l'intérêt de chacun ; par exemple , aux malades, des remèdes plus effi- caces ; aux commères , des contes nouveaux pour les veillées ; aux en- fans, des gâteaux beaucoup meilleurs que les pains d'épices qu'il leur don- noit le dimanche.

Ce qu'il y avoit de plus plaisant , c'est que le cher homme étoit de bonne-foi, en faisant ces promesses : il faut lui rendre cette justice ; et si Adule n'avoit pas commencé par le séduire lui-même , jamais il n'en au- roit obtenu de résister aux impulsions de son bon cœur.

De leur côté, les autres, séduits par l'espérance d'un avantage futur, mi- rent une opposition moins vive à son départ. . . . . . . Il y auroit beaucoup à dire là-dessus ; sur cet intérêt personnel, qui en dernier ressort, a toujours tant d'influence dans nos déterminations ; sur cette facilité à faire taire le présent devant l'avenir.

Madame Jer'nifle prétend à ce sujet que nous sommes tous comme les petits enfans du voisinage de mon oncle. Parcequ'ils étoient au mardi, et qu'ils ne devoient avoir leurs pains d'épices que le dimanche suivant, ils en faisoient volontiers le sacrifice à l'espoir des bons gâteaux qui leur étoient promis. Elle auroit pu ajouter que souvent nous faisons pis, et que nous jetons *un* qui est dans nos mains, pour courir après *deux* que nous n'attrapperons jamais.

Mais voilà mon oncle qui a composé avec son cœur, et qui, suivant l'usage, a su se prouver qu'il faisoit ce qu'il y avoit de mieux, en faisant ce qui lui plaisoit d'avantage.

Il n'y a donc plus qu'a partir.

CHAPITRE L.

Nouveaux torts de mon oncle.

Vous ne devineriez jamais, avec qui il eut le plus de peine...........
Pour ne pas trop vous en donner, je vous dirai tout de suite que ce fut avec son âne.

.... Et cela ne doit pas vous étonner; il n'y a rien de si difficile à persuader que ces Messieurs.

Quand celui-là se vit sur la fron-

tière du village que jamais il n'avoit
passée, on ne sauroit imaginer combien il fit de difficultés. Son regard
sembloit dire :

-- » Que m'importe ce si grand
univers que nous allons parcourir ?
quelque part que je sois, je n'occu-
perai que ma place : je ne mangerai
qu'à mon appétit. Autant vaut-il
rester ici, où il y en aura toujours
assez, et avoir de moins la fatigue,
les dangers du voyage. »

Il avoit trop raison pour ne pas
avoir tort. . . . . . vis-à-vis de celui
contre qui il avoit raison, et par conséquent, pour ne pas lui donner de
l'humeur.

Aussi. . . j'en gémis pour mon cher
oncle ; ce fut la première fois de sa
vie :

vie : mais je dois avouer qu'il se fâ-
cha, s'emporta ; enfin , le dirai-je ?
qu'il battit ce pauvre âne, que jusque-
là, il n'avoit jamais traité qu'en fidèle
compagnon de ses travaux.

A peine le coup fut-il frappé
qu'il en eût autant de chagrin que
de honte ; et je vis le moment où il
allait réparer sa faute en grand homme : en demandant pardon........
A un âne ! allez vous dire. -- pourquoi pas, puisqu'il avoit été injuste
à son égard ? C'étoit le conseil de
madame Jer'nifle , qui , profitant de
cette occasion , lui fit observer combien son premier pas sur la route de
l'ambition l'avoit déja dénaturé.

Mais Adule culbuta tous ces rai-
sonnemens en prouvant que le pau-

I   E

vre âne étoit un ingrat de répondre
si mal aux bontés de son maître qui
vouloit bien lui faire voir un pays
superbe, d'où il pourroit revenir avec
des connoissances qui feroient de lui
le premier âne de son canton, (il ne
disoit pas que le vrai motif étoit le
bagage à porter) qu'au surplus il falloit assez l'aimer pour lui faire du
bien malgré lui. En même-tems il
cherchoit à rassurer l'animal en lui
promettant, et il faut en convenir,
il ne le trompoit point, qu'il alloit
dans un lieu très-propice à ceux de
son espèce, et qu'il y trouveroit
nombreuse compagnie. etc. etc. etc.

Moitié crainte d'être encore batu,
moitié étourdi du bavardage d'Adule,
il fit comme s'il étoit convaincu; je-

ja sur sa chère patrie un long et dou-
loureux regard ; et nous continuâmes
notre route, pendant laquelle le petit
Adule, fier des effets apparens de sa
réthorique, partoit de-là pour donner
à mon pauvre oncle les plus belles
espérances du monde.

CHAPITRE LI.

La Dame de Liesse et les bambins
de sa suite.

ARRIVÉS à douze minutes de latitude, en prenant pour équateur le
clocher du village de mon oncle,
arrivés dis-je, à douze minutes de
latitude......... Je ne puis trop
vous dire si c'étoit septentrionale ou

E 2

méridionale ; il étoit parti sans observer de quel côté. . . . . Je crois
pourtant qu'il avoit pris à gauche.

Ainsi partez de-là si vous voulez
calculer notre route.

Etant donc arrivés à cette hauteur,
nous nous trouvâmes dans une re-
traite très-écartée, où nous voyons se
rendre de toute part des petits enfans
charmans, portant des ailes diaprées
de couleurs fraîches et brillantes.
Leurs membres étoient potelés, leur
mine éveillée, leur regard spirituel.
Un sourire malin, une certaine finesse
animoit leur bouche vermeille. Un
ensemble enfin qui annonçoit les plus
aimables petits êtres que l'on puisse
imaginer.

A mesure qu'ils arrivoient, ils se

pressoient autour de la Dame de Liesse........ Etourdi que je suis, je vous parle de la Dame de Liesse comme si j'étois sûr que vous la connoissez. Ma foi! c'est tant pis pour vous si je me trompe; car il est impossible d'avoir une meilleure connoissance. J'en sais quelque chose, parce qu'elle a toujours été l'amie de mon oncle, de mon père, de mon grand-père, de mon bisayeul, en un mot de toute ma famille; et jamais elle n'a manqué de nous visiter, surtout aux grandes fêtes, comme au réveillon de Noël, aux dragées du nouvel an, au gâteau des Rois, aux attrapes du mardi gras, aux œufs de Pâques, aux poissons d'avril, aux mariages, aux baptêmes. Dans chacune

E 3

de ces occasions, elle amenoit avec
elle bon nombre de ses sujets, les
jolis bambins dont je viens de parler;
et alors c'étoit des rires, c'étoit une
folie à désoler les médecins, car on
en sortoit avec un renforcement de
bonne santé. Si par malheur cette
excellente personne vous est inconnue, je vais vous mettre à même de
la distinguer, en cas que vous soyez
encore assez heureux pour la rencontrer.

Une de ces phisionomies qui plaisent
à tout le monde, excepté à ces britannophiles, à qui rien ne convient. Ce
degré d'embonpoint, d'après lequel
on a fait le proverbe : *grosses gens,
bonnes gens*, et qui ne nuit ni à l'aisance dans les attitudes, ni à la fa-

cilité des mouvemens. Une tournure non-seulement dans le goût de la précédente génération, mais encore conservant autant que possible, la vieille phisionomie Gauloise, et les manières parfaitement correspondantes à l'idée avantageuse que l'on se faisoit d'elle au premier coup-d'œil. Ne cheminant qu'au grand jour ; s'accomodant des gîtes les plus mesquins, les préférant même, pourvu qu'elle y trouve simplesse et bonhomie. Jouant toujours franc jeu. Ne faisant pas plus la petite bouche devant un verre de vin de champagne, que la bégueule devant une expression un peu grivoise. Son geste habituel est de présenter la main en signe d'offrir et de demander un bon ac-

cueil. La moindre prétention, la
moindre recherche dans l'esprit,
l'effarouche, la fait déloger : mais
pour peu que vous lui laissiez ses cou-
dées franches, vous êtes sûrs qu'elle
se plaira avec vous. Madame Jer'-
nifle elle-même s'étoit plus d'une fois
déridée en sa compagnie.

A présent que je vous l'ai fait
connoître, ou reconnoître ; revenons
à ce joli essaim qui accouroit se ranger autour d'elle. -- » Pourquoi
nous as-tu donc rappelés? » lui disoient
ces aimables enfans.

-- » J'avois, » ajoutoit l'un, »
fixé ma demeure chez un véritable
Epicurien. La cuisine étoit maigre.
On peut aller jusqu'à dire que le
besoin étoit le plus souvent à la porte:

mais l'insouciance étoit toujours en dedans, et, quoiqu'il arrivât, nous étions constamment de la meilleure humeur du monde. »

» On m'avoit permis, » dit un autre », de me glisser dans un petit coin du théatre Ultramontain ; et moyennant que je consentois à grimacer un peu, et à m'appuyer sur le vaudeville, j'étois traité d'une manière assez satisfaisante. »

» Je m'étois fait, » dit un troisième, » le compagnon d'un jeune poëte; avec lui logeoient encore la simplicité et la sensibilité. Nous fîmes à nous quatre, l'optimiste, l'inconstant, etc. ; et, comme nous avions grand soin de fermer la porte à la vanité, chaque fois qu'elle se présentoit, nous goûtions un bonheur que rien ne sauroit apprécier. »

Celui-ci regrétoit les veillées d'un village ; celui-là, un jeune ménage, qui l'admettoit en tiers au coin du feu; un autre, le quatrième étage où il s'étoit établi avec une grisette. Plusieurs regrétoient des colléges, des appartemens de Pages. . . . .

--Hélas ! « leur répondit la Dame de Liesse, » il faut, mes chers enfans, au moins pour quelque tems, renoncer à ces jouissances. Il faut que nous fassions notre paquet, et que nous nous exilions d'ici, jusqu'à ce que. . . . . . Si vous voulez en savoir la raison, tenez, regardez là bas, là bas, à la fin de l'horison. »

Nous regardâmes aussi, et nous

vîmes une femme dont la figure étoit toute renversée, ainsi qu'on l'a quand on éprouve une révolution. Elle avoit une marche précipitée, des mouvemens brusques et par saccades, un regard à la fois défiant et menaçant. Sa taille gigantes qui la faisoit ressembler à la prétendue grand-mère du petit chaperon rouge : de grands bras, de grandes jambes, de grands yeux, de grandes dents qui rappeloient cette effrayante réponse — *C'est pour mieux te croquer, mon enfant.*

Nos intéressans petits s'en souvinrent sans doute ; car tous se pressèrent contre la Dame de Liesse ; et leur jolie mine prit une expression d'effroi d'autant plus pénible à voir qu'elle contrastoit davantage avec l'habitude que leurs traits avoient prise de ne peindre que la confiance et la joie. . . . . Et ces larmes qui, ne pouvant couler sur leurs joues trop rebondies, étoient obligés de suivre ces légers sillons que forme sur la figure la fréquence du rire!

En vérité ce spectacle auroit oppressé le cœur le plus bar. . . . . . bare.

-- « Ah! partons, partons, » s'écrièrent-ils en sanglotant, » il n'est plus possible de l'habiter, cette terre chérie : mais, hélas ! où aller passer le tems de notre exil » ?

CHAPITRE

CHAPITRE LII.

Mauvaise honte.

--»JE parie qu'ils seroient venus chez toi; » dit madame Jer'-nifle à mon oncle, qu'elle avoit pris à part. » Tu ferois un beau trait, et qui profiteroit à ton bonheur, si tu voulois retourner, et les y recueillir. »

Il fut ébranlé; et je vis le moment où il alloit dire à la Dame de Liesse et à sa petite suite ---» Venez, venez tous dans mon modeste asyle. Je vous garantis que la grande femme ne viendra point vous y chercher. Il tient si peu de place

I   F

qu'elle enjambera par-dessus, sans seulement s'en appercevoir. »

Voilà ce qu'il alloit dire lorsqu' Adule lui mettant la main sur la bouche ; -- Es - tu donc fou ! » lui dit-il , et que pensera-t-on en te voyant revenir sans réaliser ce que l'on attend de toi ? Donne leur rendez-vous pour ton retour : mais ne te couvre pas de ridicule en le précipitant ainsi. »

Il étoit bien assûré qu'en mettant en avant la mauvaise honte et la crainte du ridicule, il gagneroit sa cause auprès de mon oncle. . . . . . Eh ! auprès de qui ne l'auroit-il pas gagnée ?

CHAPITBE LIII.

A 23 $\frac{97}{102}$ *pas exagoniques du chapitre précédent.*

Vous ne devineriez jamais le spectacle qui nous attendoit dans cet endroit-là.

Une partie des habitans étoit montée sur des échasses qui ajoutoient à leur vraie grandeur, une grandeur factice. Je crus d'abord que bientôt je les verrois cheoir. Point du tout, ils y étoient si accoutumés qu'ils ne chanceloient seulement pas. Au contraire ils cheminoient avec aisance et noblesse, sans paroître embarassés de ceux qui ne marchoient que

F 2

terre-à-terre, et qui alloient, venoient,
retournoient sans cesse entre leurs
jambes, comme s'ils eussent dansé
les olivettes. Quelquefois les échasses des Altidors, (on nommoit ainsi
les premiers) posoient sur les pieds
des autres quand ceux-ci n'avoient
pas l'attention de se ranger. Il arrivoit souvent que , du haut de leurs
échasses, les Altidors n'entendoient
pas les plaintes des Surtalons (c'é-
toit ainsi que , l'on nommoit les derniers). Mais il faut être juste , et
dire que souvent aussi ils se baissoient
pour y prêter l'oreille, et qu'alors
beaucoup d'entr'eux descendoient
tout-à-fait de leurs échasses, et ré-
paroient de leur mieux le mal qu'ils
avoient pû faire.

En général ils rendoient aux Surtalons un service qui pouvoit avoir
son prix. Comme, à l'aide de cette
grandeur additionnelle, ils atteignoient aux arbres les plus élevés, ils
cueilloient des fruits que les autres
appercevoient à peine, et leur en
faisoient part. A la vérité c'étoit
après s'en être rassasiés : mais qu'importe ? ce qu'ils donnoient étoit autant de gagné, puisque sans eux, ces
fruits se seroient gâtés sur les arbres
et n'auroient profité à personne.

CHAPITRE LIV.

Dans le même endroit.

Parmi ces Altidors, il y en avoit de beaucoup moins assûrés que d'autres sur leurs échasses, et qui à chaque instant perdoient l'équilibre.

Outre les débutans, dont la démarche est toujours incertaine, il se trouvoit parmi ceux dont les ancêtres marchoient ainsi depuis des siècles, et qui eux-mêmes y étoient dressés dès l'enfance, il se trouvoit, dis-je, des mal-adroits qui ne pouvoient avancer un pied sans faire un faux pas.

On leur tendoit bien la main pour se relever, ou, à force de tra-

vail, ils parvenoient seuls à remon-
ter sur leurs échasses : mais dans la
chute, ils avoient été couverts de
boue, de poussière, de fange, et
quelque soin qu'ils se donnassent,
la marque en restoit toujours, sur-
tout quand les chutes répétées avoient
multiplié et incrusté les souillures.

Cela étoit d'autant plus fâcheux
pour eux, qu'au moyen de leur élévation, ils étoient plus en vue. En vain
se hérissoient-ils d'effronterie : le
mépris des Surtalons et le dédain
des autres Altidors ne les atteignoient
pas moins.

Quand ils vouloient prendre un
ton avec ceux-ci ; ceux-ci leur
donnoient un croc en jambe ; et voilà
mes bigres à bas.

Quand ils vouloient s'accoster de ceux-là, ceux-là les repoussoient, et voilà encore mes bigres à bas.

En culbute une fois il suffit qu'on débute;
Une chute toujours attire une autre chute.

CHAPITRE LV.

Seconde visite dans le singulier
pays dont il a été question aux
deux chapitres précédens.

A NOTRE retour, ces Messieurs, fatigués du rôle déplaisant qu'ils jouoient, avoient pris conseil d'Adule, qui leur avoit suggéré un expédient dans son genre.

Ils s'étoient réduits à des échasses

assez courtes pour ne plus courir le risque de perdre l'équilibre : ensuite ils avoient entièrement déserté de la classe des Altidors , pour s'affilier à celle des Surtalons , au milieu desquels ils paroissoient encore grands, tout rapetissés qu'ils étoient ; car, on le sait, presque tout ici-bas est relatif.

Autour de mon village, la moindre bute est honorée du titre de montagne ; l'Albinos qui ne voit goutte en plein midi, sert de guide, la nuit, à celui qui s'étoit mocqué de lui pendant le jour. Et qui de nous ne connoit pas les aventures de ce Gulliver, si grand dans un pays, si petit dans un autre ?. . . . .

Ces Messieurs eurent la preuve

de cette vérité dans l'accueil qu'ils
reçurent de ces mêmes Surtalons,
qui jusqu'alors s'étoient amusés à les
honnir, mais qui, fiers de posséder
de tels transfuges, s'empressèrent
de les fêter, d'autant plus que ceux-
ci avoient conservé, et leur offroient
quelques uns des fruits qu'ils avoient
cueillis sur les grands arbres, dans
le peu de momens qu'ils avoient
été à portée d'y atteindre.

S'ils s'en étoient tenu là, à peine
se seroit-on apperçu de leur défec-
tion dans la classe supérieure, ou
on ne s'en seroit apperçu que pour
s'en réjouir : mais, piqués contre
ceux dont ils n'avoient pû soutenir
la concurrence, ils n'aspiroient qu'à
les punir du grand tort d'avoir plus

de mérite qu'eux. Ils eurent l'adresse
de faire adopter leur ressentiment
aux Surtalons; et les voilà tous ensemble , s'agitant , se turbulant,
heurtant en tous sens les échasses des
Altidors avec tant de vivacité que;
malgré le soin et l'art que ceux-ci
mettoient à s'arc - bouter , on les
voyoit dans un état de chancelle-
ment qui ne pouvoit durer long-
tems , sans se terminer par une
chute.

Et ce coquin d'Adule étoit à la
joie de son cœur.

CHAPITRE LVI.

Le vaisseau de Babel.

CE fut bien autre chose sur le vaisseau.

Nous n'avions pas à la vérité le vent en poupe.

Q'uiest-ce qui atteindroit le port si on ne pouvoit y arriver que par ce vent-là ? Il étoit même tout-à-fait au plus près ; mais en pareille circonstance, on prend le parti de louvoyer; et, en courant des bordées, on n'en fournit pas moins sa course. Aussi le pilote, trouvant que c'étoit déja beaucoup de n'avoir pas vent debout, étoit-il assez content de sa sa traversée, lorsque, par malheur, l'impatience gagna quelques passagers qui n'étoient pas accoutumés aux difficultés de la mer.

Adule, qui est toujours aux aguets quand il y a moyen de faire des siennes, va vîte leur souffler à l'oreille.

-- » Eh! Messieurs, pourquoi le laisser faire à son gré? Ne voyez-vous pas que votre traversée sera éternelle? que les vivres peuvent vous manquer? Quand vous en serez-là, vous gémirez d'être demeurés dans une confiance passive, tandis que vos talens et votre activité pouvoient prévenir ce malheur. Allons, sortez de cette dangereuse inertie; exigez que toutes les voiles soient déployées; ou plutôt emparez-vous

de la manœuvre et montrez à ces
vieux marins, aussi indolens qu'es-
claves de leur ancienne routine,
montrez, qu'avec de l'activité et
de l'énergie on a déja effacé les
difficultés, lorsque le froid et lent
calcul doute encore qu'il puisse les
éluder. »

Le discours d'Adule ne manqua
pas de produire l'effet qu'il s'en
étoit proposé. Chacun persuadé qu'il
n'avoit qu'à vouloir pour pouvoir,
se seroit à l'instant chargé de la
conduite d'une flotte entière.

Pleins de cette confiance qui fait
le bonheur des sots, les voilà tous
entourant le Pilote, et lui parlant
à la fois. ---» Mais, monsieur, vous
allez d'une lenteur inendurable!

que signifie cette marche sinueuse ?
Ignorez-vous donc qu'entre deux
points donnés, la ligne droite est la
plus courte. »

— » Que faites-vous de toutes
ces voiles carguées ? Nous avons
payé ; nous voulons voguer à pleines
voile. »

Et mille autres propos du même
genre que l'on forçoit le Pilote
d'écouter. Pendant ce tems, la manœuvre étoit suspendue ; on dérivoit
d'autant, et ces messieurs, quand
ils s'en apperçurent, ne manquèrent
pas de s'en prendre à lui.

Alors chacun se crut en droit,
regarda même comme un devoir de
s'emparer de la manœuvre ; et chacun
se croyant le plus de talens, com-

mandoit à tous les autres et n'obéis-
soit à personne.

On juge quelle confusion. Cette
pauvre Madame Jer'nifle couroit de
l'un à l'autre, employant sa réthorique pour les remettre tous à leur
place : mais Adule les avoit ensorce-
lés ; ils n'entendoient plus rien. Et
puis il n'y en avoit pas un qui ne se
crût premier ; on ne renonce pas
volontiers à ce numéro-là.

Cependant on continuoit de déri-
ver ; et le défaut d'accord dans
l'emploi des moyens contrariant les
effets, au lieu de les combiner, la
machine étoit fatiguée d'une manière
vraiment effrayante.

CHAPITRE LVII.

Tempête.

Pour nous achever..........
Mais laissons parler, ou plutôt chan-
ter le Pierrot du Tableau parlant.

Il auroit été avec nous qu'il n'auroit pas mieux dit.

« Tout-à-coup le ciel s'obscurcit ?
Le jour fait place à la nuit.
Les vents entr'eux se font la guerre,
On entend gronder le tonerre.
Chacun de nous tremble et pâlit,
    Tremble et pâlit,
    Le Pilote interdit
    Dans sa boussole

G 3

Cherche le pôle,
Cherche le pôle,
Et n'y voit goute en plein midi,
Et n'y voit goute en plein midi,
Et n'y voit goute en plein midi;
Jouet des vents,
Le vaisseau danse,
Le vaisseau danse,
Et jusqu'aux cieux monte et s'élance
Les matelots sans espérance,
Les matelots sans espérance,
Gardent tous un affreux silence
Qu'interrompent les hurlemens,
Les siflemens
Des élemens
Et le tracas.... et le fracas... un gouffre
d'eau,
Une cascade menaçante
A nos yeux effrayés présente
Tout à la fois la mort et le tombeau.

Le danger étoit d'autant plus dan-

gereux que, comme je l'ai déja dit,
chacun, non-seulement vouloit faire
à sa tête, mais encore commander à
tous les autres. On entendoit crier
de toutes parts et à la fois.

» Carguez cette voile-ci.

» Carguez cette voile-là.

» Carguez la voilure entière.

» Courez à la proue.

» Eh ! non, c'est à la poupe.

» Fermez les sabords , pour
empêcher la vague d'entrer ,

» Au contraire ouvrez-les, pour
la laiser sortir.

» Jettez les ancres.

» A bas toute la mâture.

Le cri le plus général, et le
plus répété, c'étoit; » AUX POMPES.

AUX POMPES. C'est le seul moyen d'éviter le naufrage. »

--- » C'est le premier, à la bonne heure : mais il seroit insuffisant, si en même tems on ne faisoit pas ceci ».
-- Non plutôt cela. »

Et chacun revenoit à son idée, et aucun ne vouloit seulement écouter celle des autres.

-- » Messieurs, Messieurs, crioit le Pilote ; aidez-moi de vos avis ; éclairez-moi de vos lumières : mais, au nom du Ciel qui nous menace, n'ajoutez plus à notre danger. »

Madame Jer'nifle voulut encore parler, et se joignit à lui ; mais c'étoit un tapage, un brouhaha, un vacarme, au milieu duquel *Dieu pour se faire ouir*, avoit, en vérité, besoin de son plus bruyant tonnerre.

Jugez d'après cela ce que pouvoient faire la foible voix de Madame Jernifle et celle du pauvre Pilote.

CHAPITRE LVIII.

Tranquillité exemplaire,

COMBIEN nous fûmes étonnés de voir dans un coin du vaisseau un jeune homme écrivant aussi paisiblement que si le navire avoit été dans le port !

Vous dire ce qu'il écrivoit, je ne le puis guères ; un pli cachoit en

partie le titre de son ouvrage : cependant si vous voulez absolument
en savoir autant que moi, LIDO...
voilà les quatre lettres que le pli laissoit voir.

Adule l'avoit accosté plusieurs
fois, et n'avoit rien négligé pour le séduire comme les autres : mais il n'y
a pire sourd que celui qui ne veut
pas entendre ; et Adule eut beau
prendre tous les tons possibles, sa
musique fut également perdue.

Mon oncle, assourdi par le tapage,
fatigué, glacé de frayeur, et surpris
à l'avenant de la tranquilité du jeune
auteur, ne pût s'empêcher de le lui
témoigner, même de lui reprocher
une inaction, qu'il étoit le maître
d'avoir pour son compte, mais qui

devenoit un crime, quand il s'agissoit
du salut de tous.

— » Je serois, lui répond le jeune
homme, » un des premiers au cabes-
tan, à la pompe, dans les hunes,
par-tout où je pourrois être utile ;
mais dans l'impossibilité de l'être,
au milieu d'une si grande confusion,
ce que j'ai de mieux à faire c'est
de ne pas l'augmenter. »

Et il se remit à son ouvrage.

— » Mais si nous périssons ! »
reprit mon oncle.

— » J'aurai eu de moins la peine
inutile, que vous voudriez que je
prisse. Mais rassûrez - vous. Ce na-
vire-ci est d'une construction si solide
que, dût-il en éprouver encore davantage, il y résisteroit.

La traversée sera longue, fatigante,
mais on s'en tirera ».

Et il se remit à son ouvrage.

CHAPITRE LIX.

Salus navis, suprema lex esto.

-« Plus j'y réfléchis, plus je vois
que ce garçon-là parle de bon sens.
Il seroit à souhaiter que beaucoup
d'autres adoptassent ses principes, et
que les 19-20. au moins, de tous ces
turbulens, laissassent faire la besogne
à ceux qui l'entendent. »

C'étoit Madame Jer'niste qui faisoit
cette réflexion ; et nous étions dans
ce

ce moment-là sur le pont. Peut-être n'étoit-- ce que le commencement d'une longue et belle dissertation : mais elle fut interrompue par les cris de quelques personnes.

— » Arrêtez, arrêtez donc; le cable va les attraper, et les jeter à la mer ». (Il s'agissoit de nous).

— » Tant pis pour eux » s'écrièrent d'autres voix.

» Pourquoi sont-ils-là ?

» *Salus navis suprema lex esto* ».

En même tems le cable nous attrape effectivement, et nous lance en l'air, d'où, après quelques pirouettes, nous tombons dans l'eau, par la raison de la tendance des corps pesans vers le centre commun.

Heureusement que dans ces pa--

I H

rages, il y a beaucoup d'huîtres, et des huîtres de *conséquence*, de ces huîtres qu'une oisiveté absolue conduit à un volume démesuré.

Notre bonheur nous fit tomber chacun dans une coquille. Une fois là-dedans, nous n'avions plus à nous inquiéter de rien : nous étions assurés de fournir sans peine notre trajet.

Seulement il y avoit à essuyer les mauvaises plaisanteries de ceux qui, du rivage, nous voyoient ainsi voguer sans fatigue. — » Regarde donc, regarde donc, » se disoient-ils entr'eux, » en voilà encore qui vont au grand banquet. » Oh ! ma foi, les huîtres n'y manqueront point. »

Ces brocards, et mille autres qui les accompagnoient auroient cruellement humilié mon oncle, s'il les avoit entendus; mais, outre qu'il étoit beaucoup plus en pleine mer que moi, Adule, à force de bourdonner à ses oreilles, l'empêchoit de les distinguer. Il alla même jusqu'à lui persuader que cette affluence de spectateurs étoit attirée par l'admiration qu'il leur causoit, et que ce bruit qu'il entendoit dans l'éloignement, en étoit l'expression.

Mon pauvre oncle prenoit cela pour comptant. En conséquence il se pavanoit dans son écaille, et n'auroit pas cédé pour une place de Mamamouchi rguiller dans le banc de l'œuvre, le rôle d'huître, qui attiroit sur lui l'attention universelle.

Que de gens se mocqueront de

mon oncle, et qui croyent comme lui être de grands hommes, parce qu'ils font beaucoup parler d'eux! au surplus on n'en arrive pas moins, et le comment ne fait rien à ces gens-là.

Témoin Monsieur Erostrate, d'éternelle mémoire.

CHAPITRE LX.

Evangile du jour.

Nous arrivâmes donc.

ET en ce tems-là, il y avoit dans la grande ville de Néomanie, sur la grande place, une grande tour, et sur icelle, une grande horloge : Et c'étoit cette horloge - là qui régloit tout le pays. Et cette horloge étoit une vraie pierre d'achoppement.

Tantôt elle alloit trop lentement et faisoit dîner trop tard. Tantôt elle alloit trop vîte et sonnoit le dîner avant qu'il fût cuit. Tantôt elle menaçoit de s'arrêter tout court ; et Dieu sait, dans toutes ces circonstances que de déclamations, quel déchainement contre ceux qui étoient chargés de son entretien.

-- » Ils s'inquiétoient peu des autres, » disoit-on, » parce qu'eux avoient toujours le ventre plein. Ils alloient, » prétendoit-on, » jusqu'à vendre à leur profit l'huile destinée à graisser les rouages ; le cambouis

H 3

qui résultoit du frottement, même des quantité de limaillé qu'on les accusoit d'extraire incognito avec des limes sourdes.

Et, au moment de notre arrivée, la grande ville de Néomanie étoit dans la plus grande joie, parce que la grande horloge venoit d'être confiée à un homme que l'on croyoit grand. Et cet homme portoit le nom d'un grand fleuve. Et quelques-uns pensoient que c'étoit le Pactole. Et certainement ceux-là ne savoient pas la carte.

Et il étoit bien vrai que l'horloge alloit à merveille.

Et il étoit encore plus vrai que c'étoit un tour de passe-passe; car elle n'alloit pas du tout. Mais le

grand homme avoit à sa dévotion la
famille entière des Denari, qui se re-
layoient dans les rouages, et qui, sans
que cela parût, les faisoient marcher
à force de bras. C'est même de-là
qu'est venu le proverbe : -- *pousser*
le tems avec l'épaule.

Et l'on étoit d'autant plus émer-
veillé, qu'il avoit fait mettre sur les
aiguilles, une feuille d'or très-relui-
sante ; et l'on croyoit l'épaisseur
pareille à la surface, et l'on se
trompoit grandement.

Et le grand homme n'en recueilloit
pas moins les adorations, et il se
gonfloit de l'encens que l'on brûloit
à ses pieds, au point qu'à chaque
instant il y avoit à craindre pour lui
le sort d'une Mongolfière. Et ce-

pendant plus on l'enfloit, plus il prêtoit; et réciproquement plus il prêtoit, plus on l'enfloit.

Et Adule n'avoit garde de laisser échapper une si belle occasion de développer ses talens. Et la passe étoit trop belle, pour qu'il ne jouât pas tout son jeu. Et il le joua on ne peut mieux, à l'aide d'une espèce de récipient attractif, au moyen duquel les nuages d'encens les plus épars se réunissoient en une seule colonne, qui, dirigée sous le nez du personnage, ne pouvoit manquer de mettre le comble à son enivrement. Et ce qui ne pouvoit manquer d'arriver, arriva en effet.

Et ce qui valoit le plus d'encens au grand homme, c'est que de ce mouvement réglé de l'horloge, on attendoit le moyen de terminer le grand procès des pompes, en réglant d'une manière invariable la vitesse du jeu des pistons, en sorte qu'il ne resteroit plus qu'à fixer le diamêtre des corps de pompes, pour que leur travail tournât au plus grand bénéfice de tous.

— » Ainsi soit-il, » dit madame Jer'nifle.

CHAPITRE LXI.

La chimère de tous les siècles et de tous les pays.

ON voyoit le grand homme, de dessus sa tour, étendre les bras vers un point. Tous les yeux se tournoient

de ce côté; et, à l'aide d'un verre à
facettes fascinées, on appercevoit
sur une montagne, bien loin, bien
loin, encore plus loin, tout-à-fait
dans la vapeur, un temple qui a été
et sera le but de tous les vœux,
Per omnia sæcula sæculorum.

Au moins jusqu'à ce jour est-il
resté inconquis : mais croyez le grand
personnage, il vous dira.

Que pour être invaincu l'on n'est
pas invincible, et que, si on prend
le temple d'assaut, il répond du
succès.

Mon oncle regarda ainsi que les
autres, par un des susdits verres.
Il apperçut en effet un temple,
qu'il étoit impossible de voir sans
en desirer la conquête

Il commençoit à lire l'inscription du frontispice.

D'abord une ---- L.
Puis un ---- I.
Je crois qu'un ----- B. venoit ensuite.

Mais la presse étoit telle pour ce ravissant spectacle, qu'un autre curieux lui arracha le verre, sans lui laisser le tems d'en lire davantage.

Nimporte. Il en avoit assez vu, pour desirer d'être de l'expédition. Et Adule eut grand soin de lui mettre le feu sous le ventre, en lui disant combien ce seroit un beau conte à faire dans son village, quand il y retourneroit.

-- « O mon Dieu oui , » dit
« Madame Jer'nifle, » ce seroit une
» belle chose que la pierre philo-
» sophale......... s'il étoit pos-
» sible de la trouver. »

Mon oncle ne l'entendit pas cette
fois-ci , plus que tant d'autres, et
persista, suivant son usage.

Heureusement pour lui, il étoit
d'une taille ordinaire : car il y avoit
une singulière cérémonie prépara-
toire à cette conquête. Il falloit
tous être de la même grandeur ; et
pour y parvenir, on vous étendoit
sur une moyenne proportionnelle,
qui ressembloit assez au lit de Pro-
cruste. Ceux qui étoient trop
grands, on les fouloit et refouloit,
tant et tant, qu'il falloit finir par

se rapetisser au point desiré ; les procédés étoient bien un peu violens : mais enfin on en venoit à bout. Les trop petits, on les étiroit jusqu'à ce qu'ils fussent parvenus à la mesure nécessaire. A la vérité ils étoient dégingandés, disloqués, ne sachant que faire de leur nouvelle grandeur : mais avec le tems on s'accoutume à tout.

Quoiqu'il en soit, on attendoit de cette opération, que les habitans de la grande ville de Néomanie deviendroient si parfaitement égaux que, placé sur leur masse réunie, le niveau le plus sensible ne pencheroit pas d'un millième de point.

I

CHAPITRE LXII.

Les ménagemens.

AU milieu de cette foule, che-
minoit un grand vieil *ori-peau*,
dont la fin étoit, depuis des siècles,
changée en *flamme*, et qui, s'il
eût été placé et conduit, auroit
pu faire merveille ; mais le char
qui le portoit, avoit pour conducteur l'homme à l'horloge. Et notre
grand homme voulant montrer de
la reconnoissance à la tourbe des
encenseurs, c'est-à-dire, en obtenir
de nouvel encens, au lieu de crier

CARE, s'adressoit à chacun en par-
ticulier, lui disant très-poliment.

--- « Monsieur, voudriez-vous
bien avoir, s'il vous plait, la bon-
té de porter la complaisance jusqu'à vous déranger un peu ? »

Puis il attendoit patiemment la
réponse.

Patiemment est le mot ; car j'ai
supputé qu'en quinze jours il avoit
parcouru quatorze pouces de
chemin.

--- « Tu en es étonné ? » dit
Madame Jer'nifle à mon oncle ;
» tiens, vois le dessous des cartes,
et que ta surprise cesse. »

Il le regarda, j'en fis de même ;
et nous ne vîmes qu'un tourbil-

I 2

lonnage , auquel nous ne pûmes
rien comprendre.

CHAPITRE LXIII.

Les systémes des différentes époques.

CEPENDANT , suivant ce que
m'avoit dit Monsieur le Curé , les
tourbillons de Descartes avoient fait
place à un meilleur ordonnateur ;
qu'il nommoit, je crois, Copernic,
et qui avoit découvert que le
Soleil devoit occuper le centre ,
tandis que les autres Planètes
faisoient autour de lui des révolu-
tions régulières.

--- « On voit bien que Monsieur

arrive de son village , » lui répondit un inconnu , qui avoit entendu
cette observation de mon oncle ,
« tenez , » en ouvrant un porte-
feuille , » regardez et mettez-nous
au fait. »

Nous y vîmes :

D'abord, le systéme de Ptolo-
mée, -- celui de Descartes, -- celui de Copernic, -- tous trop connus pour que je les retrace ici.

Ensuite, deux dessins, que je ne
puis bien faire comprendre qu'en
en donnant ici des copies.

I 3

CHAPITRE LXIV.

Petit incident.

Nous allions demander une explication détaillée de ces dessins, lorsqu'une femme vint donner un vigoureux coup de poing à l'inconnu, en lui disant :

--- « Te v'là donc encore à perdre ton tems avec tes images, au lieu de te préparer à partir pour la grande expédition ? »

Il voulut répliquer ; mais la femme étoit une de ces Dames qui vous ont des poings si éloquens, qu'il n'y a pas le mot à leur répondre.

CHAPITRE LXV.

Les plumaliers.

Nous n'aurions d'ailleurs pas pu y prêter long-tems attention, parce que nous étions étourdis par un nombre infini de gens clamant des productions qui pulluloient avec une rapidité!..... Elle auroit été incroyable, si en même tems on n'avoit pas vu leurs engendreurs descendre de tous les greniers de la ville par milliers , comme on voit des nuées de corbeaux fondre sur les corps en putréfaction.

Chacun se présentoit avec une plume que les uns trempoient dans une encre fermentiscible, les autres dans le fiel, d'autres dans la fange, mais dont tous se servoient pour troubler l'eau de la rivière, afin d'y faire de meilleures pêches. Et en effet, tel dont le poisson le plus stupide avoit évité l'amorce, tant que l'eau avoit été claire et tranquille, faisoit alors des prises dont il étoit étonné.

--- « Vous abusez de la circonstance, » leur crioit Madame Jer'nifle. » Vos maudites plumes finiront par empoisonner la rivière. Toute la ville en souffrira, et vous même pourrez finir par en être les victimes. »

--- « Oh ! quand l'avenir , »
répondoient-ils , » sera devenu pre-
sent , nous verrons ; alors comme
alors : en attendant , nous vivons
dans l'abondance. »

Adule ajoutoit --- « Et quelle
jouissance , lorsque vous rentrez
avec votre charge de gros poissons!
Quel triomphe de les montrer à
vos voisins, qui , jusque-la , avoient
tremblé de vous trouver quelque
matin mort de besoin sur vos pail-
lasses ! Comme ils vont vous acceuil-
lir avec considération , au lieu du
mépris qu'ils vous montroient ! »

Une pareille incitation ne pouvoit manquer de produire son effet.
Aussi les plumaliers redoublerent-
ils d'efforts , d'agitation ; et tous

avec leurs plumes, ou fangeuses, ou enfiellées, ou fermentiscibles, faisant tourbillonner l'eau dans des sens différens et croisés, il en résultoit une troublerie, une âcreté, un gaz qui réalisoient la description que les anciens poëtes nous ont laissée des fleuves du Royaume noir.

CHAPITRE LXVI.

Le B. --- B. --- de notre pays.

Nous fûmes étrangement surpris de distinguer au milieu de cette foule de plumaliers, un homme de notre village, et qui, pour vrai

dire , en avoit été à peu près chas-
sé, parce qu'il étoit hâbleur , pipeur ,
présomptueux, insolent , et sur-tout
hargneux...... quoique n'ayant pas
pour deux deniers de force , et
encore moins de courage.

Son père voyant qu'il étoit uni-
versellement détesté , lui avoit in-
sinué tout doucement, avec quelques gourmades , d'aller porter ses
vices ailleurs. Il lui avoit donné
une paire de sabots , une mandille,
un bâton blanc , et par-dessus le
marché , un *Dieu te conduise.*

Celui-ci avoit d'abord divagué
dans la plaine, tâchant de gagner
sa vie en chantant de mauvais Ponts-
Neufs , ou en récitant de piètres
centons : mais les habitans de la

plaine commençoient à s'occuper
des moyens que nous avons dit
précédemment qu'ils avoient em-
ployés pour ne plus dépendre des
gens d'en haut. Ils avoient, par conséquent, fait peu d'attention à notre
homme qui, en attendant, mouroit
de faim. Ceux d'en haut ne l'ac-
cueillirent pas mieux ; et il seroit
effectivemeut mort d'inanition, si
aux qualités dont je viens de faire
l'énumération, il n'avoit joint une
reptilité extraordinaire.

Elle lui donna la facilité de se
couler ventre à terre sous les filets
d'eau que laissoient échapper quelques défectuosités des réservoirs
de la montagne. On voyoit son
jeu : mais l'humilité de sa posture

inspiroit

inspiroit de la compassion, et on le souffroit. Cependant comme ces eaux entraînoient avec elles des molécules substantielles, il s'étoit insensiblement engraissé, fortifié, et insolentifié à l'avenant.

Enfin étoit venu le débordement des plumaliers. Oh! alors, il s'étoit dressé sur ses ergots, s'étoit enrôlé dans la bruyante cohorte, et bientôt en étoit devenu un des plus ardens Capitaines.

Aussi étoit-il se portant comme quatre, pérorant comme dix, rémuant comme cent, hargneux comme mille, et impudent au-de-là de tout calcul.

Du plus loin qu'il nous apperçut, il vint à nous. Adule pré-

I   K

tendit que c'étoit pour nous voir,
et vouloit que nous en fussions fiers.

Madame Jer'nifle soutint que
c'étoit pour que nous le vissions, et
que nous parlassions de lui à notre
retour dans notre pays.

Il me sembla que c'étoit elle qui de-
vinoit le plus juste. Je crois encore
qu'elle ne se trompa pas davantage
en disant que nous devions être plus
humiliés que fiers de cette rencontre.

Quoiqu'il en soit, il nous aborda
avec un air de protection, nous
entretint beaucoup de lui, de ses
succès, puis finit par nous dire
que, si nous voulions lui servir
de Jokeis, il nous apprendroit à
souffler dans une petite turlutaine,
et nous enverroit dans les faux-

bourgs où nous pourrions glaner quelques bribes de gloire qu'il dédaignoit d'aller recueillir. — « Quoi ! » dit mon oncle, » Vous voudriez que je concourusse à cette perturbation ! »

Et son bon cœur étoit tellement gonflé d'indignation, qu'il ne put pas en dire davantage.

CHAPITRE LXVII.

Dispute.

DE toute manière il n'auroit pas pu en dire beaucoup plus ; ou il l'auroit dit en pure perte, le pétit plumalier étant déja entraîné loin de nous , par une occasion qui s'étoit offerte à sa hargnerie.

K 2

Il avoit entendu quelqu'un donner, d'un ton caressant, à un chien, le nom de César. Aussi-tôt il avoit couru demander raison de l'air de complaisance avec lequel on prononçoit un nom qui (selon lui) devroit être à jamais rayé des fastes de l'histoire , ou n'être rappelé qu'avec l'accent du courroux.

Le maître du chien accueillit fort mal la leçon.

Le petit hargneux voulut insister, et il alloit en résulter bataille, si on n'avoit pas pris le parti d'envelopper ces Messieurs dans un tas de barbeaux des bleds , et de les conduire ainsi au Royaume du coin le plus prochain,

CHAPITRE LXVIII.

Jugement lumineux.

LE Souverain de ce Royaume étoit le plus expéditif, le plus habile vérificateur en bâtimens qu'il y eût dans le canton. D'un coup d'œil, il vous disoit, à une fraction près, combien il y avoit de toises dans un ouvrage. Vous allez voir qu'il n'étoit ni moins expéditif, ni moins habile en affaires, et vous ne serez pas étonné que le proverbe, *toiser une affaire* ait été fait à son occasion.

Arrivés devant lui, les deux

contendans commençoient à s'expliquer...........

--- « J'en.... en.... entends, » leur dit-il, » j'en.... en.... tends. L'un de vous s'est f.... fâché contre l'autre de ce qu'il a do... o... onné à un chien le nom d'un..... Héros Romain. Eh.... b.... bien, qu'il se console; car je.... vois qu'au moins c'est un..... b...... beau chien de chasse; et je connois, moi, un..... Laridon qui porte le nom d'un Héros Suédois, et qui n'a jamais fait d'autre exploit que d'épouvanter, par une belle nuit, une nichée de...... pies.

--- « Mais, Monsieur, ce n'est pas cela. »

--« J'en. en... entends à merveille, vous dis-je. »

Et quoiqu'ils fissent, ils ne purent pas en obtenir autre chose : mais les assistans applaudissoient au point qu'il n'y avoit plus moyen de se faire entendre ; et de guerre las , les deux contendans prirent le parti de s'en aller.

CHAPITRE LXIX.

La gargote Fébrifère.

POUR notre part, nous étions dans la plus parfaite admiration : mais l'admiration ne fut jamais qu'une viande creuse. Il n'en falloit pas moins dîner. Et comme rien de ce que nous avions vu ne nous avoit donné à déjeûner , nous mourions de faim.

Dans cet instant, nous vîmes de loin, sur la porte d'une espèce de caverne, quelque chose qui s'agitoit d'une manière si violente, et qui hurloit si effrayamment, que nous crûmes que c'étoit une bête féroce, ce qui étonnoit beaucoup mon oncle dans une ville comme celle de Néomanie; mais c'est que mon oncle étoit un sot; car ce qu'il prenoit au moins pour une hyene, étoit un homme, et de plus un homme de sa connoissance.

Il n'est rien tel que de s'approcher pour bien voir. C'est ce que nous fîmes, et ce fut alors que mon oncle reconnut son erreur.

Avant d'être assez près pour reconnoître le personnage, nous savions son

nom par l'inscription que nous lûmes
sur sa porte ; elle étoit en lettres du
rougele plus vif, et offroit ces mots.

TAMAR
TRAITE EN AMI LE TIERS
ET LE QUART.

--- « Tamar ! » s'écria mon oncle.
» Je le connois. Je me souviens
de l'avoir vu vendre de la santé,
ou au moins en promettre ; ensuite
il se mit à montrer de jolies lan-
ternes magiques, qu'il faisoit jouer
à la lampe universelle. Puisqu'il est
à présent gargotier, le Ciel en soit
loué ! nous dînerons. »

Bientôt nous fûmes à table au
milieu d'une foule de gens, dont
la voracité paroissoit insatiable ,

et qui, en mangeant, faisoient des
contorsions si effrayantes, que nous
tremblions d'atraper quelqu'égrati-
gnure ou quelques coups de dents.

Il ne nous fût pas difficile d'en
deviner la cause, lorsque nous eûmes
taté de la cuisine. Il y avoit une
si grande quantité de sel, de poivre,
de moutarde, d'épices, même d'assa
fœtida, et pire encore, que dès
le premier morceau on avoit la
bouche en feu.

Nous nous regardions, fort étonnés de ce que cela s'appeloit trai-
ter les gens en ami : mais Madame
Jer'nise ne s'en tint pas aux réflexions *a parte*. Elle cherche Tamar au milieu de ses fourneaux,
ou pour dire plus juste, au mi-

lieu de ses fournaises. --- « Comment, » lui dit-elle, » osez-vous en imposer ainsi? On croit d'après votre écriteau, qu'en entrant chez vous, on y sera sustenté, et l'on n'y trouve que de quoi se brûler les entrailles! »

--- « Vous avez raison, » lui répondit-il. » mais j'ai éprouvé que cette recette me réussissoit auprés de mes pratiques, et que plus je leur mets le feu dans le corps, plus elles sont affaméés de mes ragouts, et altérées de l'esprit de vin que je leur donne à boire, et que par conséquent mes bénéfices croissent à proportion. »

--- « Mais ces malheureux, » reprit Madame Jer'nifle, » fini-

ront par être échauffés, au point
d'en devenir enragés , et alors que
de maux affreux!....... »

--- « Que m'importe ? » répli-
qua froidement Tamar. » Je n'en
aurai pas moins fait ma fortune. »

Et il se remit à tourner une cas-
serole dans laquelle Madame Jernifle lui vit mettre une des drogues
les plus inflammables que fournisse
la pharmacie.

--- » Fuyons , fuyons , » nous
dit-elle , » il vaudroit cent fois
mieux mourir de faim que de prendre
ici une seule bouchée. »

Nous ne le fimes pas dire deux
fois. Notre cœur étoit serré à nous
étouffer ; et nous ne commençâmes
à respirer que quand nous eûmes
quitté

quitté la rue infimale , ainsi se nommoit celle où demeuroit Tamar.

CHAPITRE LXX.

Les Restaurateurs.

INSENSIBLEMENT nous arrivâmes
au quartier opposé ; une nouvelle
auberge s'offrit à nous , quoiqu'un
peu cachée dans le fond d'un cul-
de-sac , où on n'arrivoit qu'à l'aide
de quelques détours. Mais la peine
que l'on avoit eue à la trouver
s'oublioit devant les mets de bon
genre que l'on y servoit , et qui
vous étoient présentés on ne peut
plus gaiement par plusieurs ser-

I. L

vans, tous aussi bons apôtres les
uns que les autres. Il est vrai que,
tout en riant, ils montroient des
dents qui ne laissoient pas que
d'être aiguës, et qui mordilloient
sans cesse : mais ils y mettoient
tant de grâces......

--- « Tant pis, » dit Madame
Jer'nifle. » Notre voisin a eu comme
cela une charmante souris qui mor-
dilloit si gentiment, qu'un de ses
plaisirs étoit de lui abandonner son
petit doigt. Qu'arriva-t-il ? Cette
mordillerie souvent répétée, finit
par envenimer la place et par
faire morsure. »

L'observation de Madame Jer'nifle
ne nous empêchoit pas de manger,
d'autant plus que nous trouvions

aux ragoûts ce dégré de piquant qui éveille l'appétit et provoque la soif.

C'est qu'ils y mettoient d'un sel excellent, qu'ils puisoient à pleines mains dans un coffre attique où ils en avoient ample provision.

Quant à la boisson, ce n'étoit pas de ces liqueurs trop fortes, dont l'excès produit une ivresse furieuse. C'étoit du vrai Champagne, dont l'effet se bornoit à vous engager à des combats d'épigrammes, de calembourgs, de quolibets, etc.

--- « C'en est encore plus qu'il ne faut, » dit la trop sévère Madame Jer'nifle. » Mes amis, allons-nous-en. Toutes ces cuisines con-

tre nature ne conviennent pas aux
estomacs de gens simples comme
nous. Il n'y a de constament bon
pour ceux de notre cathégorie, qu'un
régime doux. Croyez-moi, tâchons
de découvrir quelque pot au feu
bourgeois , ou mieux encore la
soupe au lard de quelque bon
Fermier. »

--- « Ne nous pressons pas , »
dit Adule , » je me suis apperçu
que ces gens-ci ne fermoient pas
trop soigneusement leur coffre au
sel. Je voudrois tâcher d'en esca-
moter une poignée , avec laquelle,
à notre retour dans notre village,
nous ferons des ragoûts qui nous
vaudront une réputation.......

Adule , comme on vient de le

voir, avoit eu la mal-adresse (contre son ordinaire) de parler le second, par conséquent trop tard ; car d'après l'observation de la mère Jer'nifle, nous étions partis sur le champ........ Tel reste à table tant que l'on veut, en dépit des indigestions, qui ne s'y remet pas quand une fois il en est déhors. Mon oncle étoit de ce nombre.

CHAPITRE LXXI.

Rencontre agréable.

CE mot de soupe au lard avoit réveillé chez mon oncle un de ces goûts auxquels leur simplicité fait que l'on revient toujours avec

un nouveau plaisir , celui dont l'at-
trait s'affoiblit le moins , celui qui
reprend tous ses droits à la moindre
peine que nous éprouvons , en un
mot le goût de la campagne.

Le lendemain...... J'allois dire
en beau style, *dès le lever de l'aurore*
mais j'aurois menti. Dans toute cette
saison-là , chaque jour a eu son
matin , rien de plus simple. Mais
aucun n'a eu d'Aurore.

Au surplus cela ne fait rien à
ce que j'ai à vous dire , puisque
la scène se passe vers l'après-midi.

En sortant d'un chemin creux,
nous apperçûmes dans une prairie,
à l'ombre d'un pommier , une Villageoise dans le genre de celles
des Poëtes et des Peintres.

Ce n'est point par erreur que je n'ai pas dit une Bergère. Cela auroit été plus pittoresque, je le sais ; mais elle n'avoit ni le chapeau garni de fleurs, ni les cheveux se déroulant sur son sein d'albâtre, ni la houlette enjolivée de rubans, etc.

Une cornette plissée avec grâce ; un bavolet bien blanc, et assez rebondi, où il falloit qu'il le fût ; des sabots, sur lesquels se détachoit une jambe qui n'en paroissoit que plus fine ; au lieu d'une musette, une quenouille............ Vous voyez que c'étoit une Villagoise, et non pas une Bergère.

Près d'elle étoit une jolie petite fille qui se jouoit sur l'herbe.

A quelques pas, un piquet fiché en terre ; à ce piquet une corde ; au bout de cette corde une vache, dont le pis faisoit plaisir à voir, sur-tout à des gens qui , comme nous, commençoient à sentir la faim, la soif et la chaleur.

La Villageoise s'apperçut de la convoitise de nos regards. Aussi-tôt elle nous offrit du lait d'un ton si doux , si engageant, que nous acceptâmes sans difficulté. C'est à la manière dont on accepte que celui qui offre peut connoître s'il a bien pris l'amila ; et dès la première vibration, il y eut entre la Villageoise et nous, un accord parfait.

La voilà donc qui , avec l'aimable vivacité de l'obligeance, retrousse ses manches jusqu'aux coudes, s'accroupit auprès de la vache, et pressant alternativement ses trayons, en fait jaillir des flots de lait.

Nous regardions avec étonnement, non pas ce qu'elle faisoit, c'étoit une chose simple, mais la manière dont elle la faisoit.

Elle y mettoit une grâce difficile à décrire : ses doigts étoient mignons, déliés ; son bras d'une blancheur, dont celle même du lait ne ternissoit pas l'éclat : ses attitudes, ses gestes avoient un certain moëlleux ; une voix douce, des expressions qui, quoique toutes unies, ne sentoient pas le village.... Tout cela nous donnoit beaucoup à réfléchir.

Nous en eûmes encore plus sujet
en entrant dans la chaumière où elle
nous conduisit. Nous la vîmes s'em-
presser de dérober à nos regards,
des papiers épars, que, malgré ces
précautions , nous reconnûmes pour
des dessins.

Cependant le lait étoit servi;
et pour lui faire honneur, ainsi qu'
un gros quartier de pain bis qu'elle
y avoit joint , nous avions suspendu
nos réflexions, lorsqu'un nouveau
personnage vint occuper la scène.

CHAPITRE LXXII.

Ce que c'est que le nouveau personnage.

JE vais vous le dire à l'instant. C'étoit un Altidor, un de ces gens à échasses.

—— « Quoi ! ma sœur ! » s'écria-t-il en entrant. « C'est vous qui oubliez à ce point ce que vous vous devez ! On me l'avoit dit ; je me refusois à le croire : il falloit que j'en eusse la confirmation par mes propres yeux : mais j'espère, que rougissant bientôt........ »

Il eut peine à aller jusques-là,

tant elle lui avoit donné de baisers et
fait de caresses!

Après ce premier moment, ----
« mon cher frère, mon bon ami, »
lui dit-elle, « avant de me blâmer,
» il faut m'entendre. Vous savez
» combien, depuis quelques tems,
» nos échasses sont devenues chance-
» lantes, combien il est difficile à
» présent d'y garder l'équilibre.
» J'ignore jusqu'où je me serois opi-
» niâtrée à n'en pas descendre, si
» j'eusse été seule : mais cet être si
» précieux à ma tendresse, cette
» chère enfant, si j'avois éprouvé un
» choc, auquel je n'eusse pas résisté,
» je l'aurois dans ma chûte, frois-
» sée, blessée, peut-être même.. »
Un signe d'effroi et l'altération de

sa voix dirent ce qu'elle n'articula pas..... « Au lieu qu'en descendant doucement de moi-même, je l'ai ménagée, et me suis assuré du bonheur de ma vie. »

--- « Le bonheur, en se reduisant à marcher terre-à-terre ! »

--- « Mon bon ami; cela te paroît difficile. Je le croyois aussi. Eh bien ! je t'assure que c'est le fantôme qui disparoit quand on le touche. »

---- « Sœur indigne de moi ! ose-tu bien.....? Mais c'est un moment de foiblesse. J'espère que tu vas le réparer. Reprens au plus vîte tes échasses, et reviens avec moi dans les crénaux de nos ancêtres. »

--- « O mon ami ! voudrois - tu que je sacrifiasse à des mânes insen-

I   M

sibles, ce cher objet de ma tendresse, la joie de mon âme, mon
existence enfin ! »

En même tems, elle pressoit l'enfant contre son sein, et la couvroit
de baisers et de larmes.

Il en vint aussi sur nos paupières,
mêmes sur celles de la froide Madame Jer'nifle.

Il n'y eût qu'Adule qui, au lieu
de s'attendrir, s'amusa à caresser le
frère, à l'applaudir, à lui conseil-
ler de tenir bon sur ses échasses.

Il jouoit dans le jeu de son
homme. Ce moyen est infaillible;
et l'Altidor s'éloigna, indigné contre
sa sœur, son intéressante sœur, à
laquelle il déclara qu'il ne don-
neroit plus ce nom, si, dans une

seconde visite qu'il lui feroit inces-
samment, elle n'avoit pas changé
de résolution.

Si mes lecteurs étoient de ces
gens à qui il faut tout expliquer,
je leur dirois comment nous fûmes
embarassés vis-à-vis de notre fausse
Villageoise, quand nous la connû-
mes pour ce qu'elle étoit; comment nous ne savions plus ce qu'il
y avoit à faire pour le lait que nous
avions pris, pour l'accueil que nous
avions éprouvé; comment son en-
gageance nous mit tellement à l'aise,
que nous lui promîmes de revenir
la voir, au retour de quelques
courses que nous avions à faire dans
le canton.

M 2

CHAPITRE LXXIII.

Sotte vanité.

LA première nous conduisit chez haut et puissant Seigneur, Monseigneur Carloman- Alexandre - César - Henri - Jules - Armand - Philogènes –Louis de Mont-sur-Mont, Chevalier , Baron de Montorgueil, Marquis de Tufière, Seigneur, etc.

Quoiqu'il eût beaucoup de serviteurs, où plutôt parce qu'il en avoit beaucoup, il étoit si mal servi que nous ne trouvâmes personne dans l'anti-chambre. De pièce en pièce , et croyant toujours rencon-

trer quelqu'un, nous pénétrâmes
jusqu'à un cabinet retiré, où il étoit,
mais si occupé.....

Il avoit au tour de lui des lias-
ses sans nombre, de vieux parche-
mins, que les rats avoient attaqués
en plusieurs endroits. Sur sa tête
étoit une couronne de marquis,
dans sa main une épée, avec laquelle il suivoit les reliefs d'un
bouclier armorié. Ce bouclier étoit
placé *à l'apogée* de son plancher:
mais il y atteignoit aisément, à l'aide
d'échasses démesurées..... J'ou-
bliois de dire qu'il étoit devant une
glace qui, en le répétant, lui donnoit le moyen de se rendre à lui-
même, les hommages que depuis

M 3

les nouveaux principes, son prochain
lui refusoit.

Adule ouvroit déja la bouche, et
sûrement pour applaudir à la pantomime...... mais Madame Jer'ni-
-fle, ne lui en donna pas le tems.
Elle nous entraîna dehors le plus
vîte qu'elle put. --- « C'est un fou, »
nous dit-elle ; « il n'y a rien à faire
avec lui. »

CHAPITRE LXXIV.

Autre folie.

LA course suivante, fut chez Jacques-Christophe Nédebas. L'abord
n'étoit point agréable ; nous mar-

chions dans le fumier jusqu'à mi-
jambe. A la vérité, nous n'eûmes pas
l'ennui de traverser trente-six pièces,
pour arriver jusqu'à lui; car il n'a-
voit en tout qu'une chambre, mais
elle étoit vraiment curieuse.

Le plancher (d'en bas) étoit cou-
pé, parti, taillé, tranché, écar-
telée, losangé, échiqueté, gironné,
orlé, aux quartiers d'or, d'azur, d'ar-
gent, de sinople, de vair, de contre-
vair, de sable, avec des Dragons lam-
passés, des Loups gissans, des pals, des
Merlettes, des chefs emmanchés à
dextre et à sénestre, des rencontres au
dextrochère, potencé et contre-po-
tencé, des cocqs membrés, barbés,
becqués, crêtés, des croisettes, des
macles au Lambel en chef, à la

bordure engrêlée, des Paons rouans, des croix denchées, cantonnées, re-croisettées, au chef bastillé, etc.

Quand nous arrivâmes, Jacques-Christophe Nédebas, prenoit son pas-se-tems chéri ; (ce fut son expres-sion.) Ce passe-tems étoit de venir avec ses sabots pleins de fumier, et de piétiner sur-tout ce que je viens de nommer, de manière à ce qu'à peine on pût l'apperçevoir sous la boue dont-il le couvroit.

Adule se disposoit encore..... sûrement à le féliciter ; car, pour ce petit drole-là, tout ce que font les gens auxquels il parle, est un sujet d'éloges ; mais Madame Jer'-nifle, ne le lui permit pas plus que chez le marquis de Tufière, et nous

fit sortir encore plus vîte, en nou
disant. --- « Celui-ci est pis qu'in-
sensé, c'est un monstre d'ingrati-
tude. Ce même plancher qu'il se
plaît à souiller, est formé des débris de plusieurs autres qui appar-
tenoient à des châteaux ; et ces autres planchers, ç'a été en les frot-
tant, en entretenant leur lustre, qu'il
a gagné sa vie, jusqu'à ce jour, et
amassé de quoi se passer de les
frotter davantage. »

CHAPITRE LXXV.

La scène reprend chez la fausse
Villageoise.

CES deux originaux , le Marquis de
Tufière et Jacques-Christophe Nédebas , ne nous rendirent que plus
empressés de retourner chez l'intéressante fausse Villageoise.

Nous en reçûmes le même accueil que la première fois , et notre
cœur éprouva auprès d'elle les mêmes sensations. . . . . .

. . . .

. . . .

La terrine de lait qu'elle nous avoit
servie approchoit de sa fin , lorsque

son enfant entra toute essouflée. ---
« Ma petite maman, ma petite maman, cours vîte auprès de la grande
butte. Je viens d'y voir un pauvre
homme bien blessé. J'ai essayé de
le secourir : mais je ne suis pas assez
forte ; et lui il ne peut pas se re-
muer. »

--- « Courons, courons à son secours, » nous dit la fausse Villageoise.

Remarquez comment cette seule
expression, bien simple cependant,
montroit à la fois son bon cœur,
et qu'elle regardoit un acte de charité, comme une chose si naturelle,
qu'il est inutile de demander aux
gens s'ils veulent y participer.

Malheureux celui qui l'auroit mise,

dans le cas de revenir d'une pré-
vention qui fait tant d'honneur à
l'espèce humaine ! Il n'y avoit pas
à craindre que nous eussions ce tort;
et, dans un instant, nous fûmes
tous à l'endroit que l'enfant avoit
indiqué.

Là, en effet, gissoit sur la terre,
un homme qui avoit une jambe
cassée. La première chose à faire,
étoit de le transporter à la chaumière ; et pour y parvenir, nous
nous mîmes à couper des branches
dont nous formâmes un brancard.

Pendant que nous le disposions,
la fausse Villageoise témoignoit à
cet homme son étonnement de ce
qu'avec une blessure aussi considé-
rable, il ne jetoit pas le moindre
cri.   « Ce

« Ce seroit de joie, » répondit-il, avec une voix de Cannibale ; « car avant d'attraper cette torgnole, j'ai eu le plaisir de fracasser plus de cinquante échasses, dont quelques-unes portoient leurs maîtres : et tenez, jugez par-là combien d'Alti-dors j'ai détroussés. » En même tems il sortoit d'une besace des milliers de brisures et de ces hochets dont les formes bisarres, variées à l'infini, ser-vant à distinguer cette famille-ci de cette famille-là, celle-là d'une autre, etc.

---- « Et vous continueriez, » dit Adule, « de secourir ce drôle-là ! un des plus grands ennemis de la classe dans laquelle vous êtes née !..» Et Adule, pour toute réponse, reçut une tape assez bien appliquée.

L   N

Et nous n'en transportâmes pas
moins le blessé dans la chaumière,
où la fausse Villageoise lui prodi-
gua les soins d'une charité vraiment religieuse.

CHAPITRE LXXVI.

Départ.

J'AUROIS une mauvaise opinion de
celui à qui il seroit besoin de dire
à quel degré nous étions touchés,
extasiés de la conduite sublime de
la fausse Villageoise envers cet
homme, dont la vue devoit la ré-
volter ; conduite d'autant plus su-

blime, qu'elle ne paroissoit pas y mettre la plus petite importance.

Je ne dirai par conséquent pas ce qu'il nous en coûta pour ne pas rester a la seconder dans les soins généreux qu'elle lui prodiguoit : mais nous avions promis sur notre honneur de nous trouver au banquet de la grande affaire des pompes ; et , dans notre famille , on n'a jamais composé avec le moindre serment, dans la crainte qu'en tirant un seul des fils qui attachent le cahier , on n'eût plus entre les mains que des feuilles volantes.

Nous partîmes donc.

N 2

CHAPITRE LXXVII.

Mauvais calembourgs.

Nous avions pensé d'avance que, pour nous présenter à un si grand banquet, il falloit être vêtu d'une certaine manière. Nous avions pris de loin nos précautions à ce sujet, et nous comptions trouver tout prêt à notre arrivée : mais nous comptions sans notre hôte.

Le Tailleur nous avoit fait des habits si larges qu'ils ne pouvoient tenir sur nos épaules. Il nous donna pour raison qu'actuellement on ne prenoit ni ne gardoit de mesures ;

et que la principale règle et la dernière mode étoit de n'être gêné en aucune façon.

Nous ne fûmes pas plus chanceux avec le Cordonnier. Il prétendoit que les anciennes formes étoient proscrites par la nouvelle mode, et faisoit tous ses souliers sur un même modèle, parce que, disoit-il, tout le monde devoit être à présent sur le même pied.

Le Chapelier étoit resté les bras croisés. Sa réponse à nos reproches fut que dans son métier, la première opération étoit de *fouler*; que les plumaliers lui avoient ouvert les yeux, et inspiré une telle antipathie pour ce mot, qu'il aimeroit mieux mourir de faim que de *fouler*

N 3

le plus petit poil du plus petit
animal.

De tout cela il résultoit que
nous n'avions ni les pourpoints , ni
les souliers, ni les feutres sur lesquels nous avions compté.

--- « Voila, » dit Madame Jer-
niflé , » ce que l'on gagne avec les
gens qui ne voyent que la lettre. »

--- « Cela ne doit pas vous faire
grand'peine , pour le moment , »
nous dit un des 9000000000000000
bayeurs de Néomanie. » Le banquet
ne sera pas prêt de long-tems ainsi
vous ne pouvez voir que la cuisine;
et de quelque façon que vous soyez
vêtus, vous serez toujours assez bien.
Peut-être même serez-vous d'autant
mieux , que vous serez plus mal. »

--- « Passe pour cela , » dit mon oncle ; » allons-y donc tout de suite. »

CHAPITRE LXXVIII.

On auroit peur à moins.

Mon Dieu ! Mon Dieu ! Mon Dieu ! Mon Dieu ! Quelle cuisine! Des Rôtisseurs , des Ecumeurs , des Trancheurs , des Grilleurs , des Soufflefeux par centaines. --- Et cette douzaine de Chefs qui sont à leur tête ; quels endémenés Dépeceurs ! Quels Attiseurs ! --- Et cette fournaise que l'on ne cesse d'entretenir , d'aviver avec des dé-

bris d'échasses, de tuyaux, de corps
de pompes, de girouëttes!........
Grand Dieu! Quel incendie! ....
Mais ils vont tout consumer. La
flâme s'élève jusqu'à la voûte. Il
en sort des torrens par les portes,
par les fenêtres.... Au nom du
Ciel, arrêtez.... Point du tout. Ils
soufflent au contraire le feu avec
plus de force. Chacun redouble
d'empressement à l'attiser, à l'ali-
menter, en y apportant le plus de
débris qu'il peut se procurer.

Et que dire de ce gueux d'Adule
qui, chaque fois qu'on en apporte,
s'évertue à prodiguer les flagorne-
ries les plus encourageantes, qu'il
termine en criant à tue-tête des
bravo, des *bravissimo*, qu'une tourbe

de spectateurs répète aussi à tue-tête ?

Et de ces *bravo* et des gémis-semens de ceux aux dépens de qui la fournaise est alimentée, il résulta un bruit.....! Ceux-là seuls peu-vent en juger, qui ont entendu dans les Alpes, les hurlemens d'une troupe de loups se disputant une proie.

--- « Est-ce bien encore sur terre que je suis ! » s'écria mon oncle. Et il tomba à genoux, en se couvrant de signes de croix.

--- « Nigaud, » lui dit Adule, » au lieu de perdre la tramontane, tu ferois mieux de chercher et d'ap-porter dans le foyer quelque mor-ceau d'échasse, ne fût-ce qu'un

copeau, ne fût-ce qu'une pincée
de raclure. Dès le prochain cou-
rier, on le sauroit dans notre village, et l'admiration de nos voisins
y précéderoit notre retour! »

Mon oncle, sans l'écouter, se
jeta dans les bras de Madame Jernifle, qui lui parla long-tems ; mais
à cause du fracas qui se faisoit autour de nous, je ne pus entendre
que la fin de son discours.

--- « Pour avoir de bonne soupe, »
lui disoit-elle, » il faut que le pot
écume ; et pour qu'il écume, il faut
qu'il bouille ; c'est ce que tu fais
tous les jours, avec cette différence que tu n'emploies que deux
tisons, parce que tu n'as qu'une
petite marmite : mais ici, il y a

tant à écumer ! Les proportions font tout. »

--- » Je le sais : mais je sais aussi que, si on les outrepasse, le bouillon se tarit, la viande brûle, et le dîner ne vaut pas le diable. J'ai grand'peur, au train dont ils y vont..... »

--- « C'est ce que l'on verra au banquet. Il se pourroit bien que telle sauce annoncée comme un chef-d'œuvre..... Mais en attendant, au lieu de nous livrer à des inquiétudes qui ne serviroient à rien, allons nous-en dîner à la première taverne. »

CHAPITRE LXXIX.

Vive la vieille cuisine !

LE premier endroit où nous nous présentâmes étoit fermé. Le locandier nous dit, par la lucarne d'une guérite, qu'il avoit décroché sa crémaillère jusqu'à ce que la grande cuisine eût fini son grand banquet, afin de travailler dans le nouveau goût, d'après ses recettes.

On pense bien que, pour des affamés, cette réponse n'étoit nullement satisfaisante, et on nous pardonnera

donnera d'avoir un peu grogné en nous en allant.

A un second endroit, on nous servit sur le champ. Mais, ma foi, ce n'étoit pas la peine de tant se presser; le locandier avoit imaginé de mêler les vieilles recettes et les nouveaux essais. De ce mélange étoient résultés des *Capotins* si bisarres, qu'il n'y avoit pas moyen d'en manger.

Force nous fut d'aller frapper à une troisième porte. Elle nous fût ouverte par une vieille femme qui, sur la demande que nous lui fîmes, se confondit en excuses de n'avoir à notre service que le petit *pot bouille* et la tranche de bœuf à la mode, fait tout uniment, comme

O

elle l'avoit appris de sa mère, celle-ci de la sienne, enfin tel que du tems du roi Guillemot.

Elle avoit tort de s'excuser.... Nous fîmes à sa modeste table un dîner excellent........ Ce ne fut pas sans beaucoup réfléchir....... A vous permis, cher lecteur, de réfléchir aussi sur ce chapitre.

CHAPITRE LXXX.

Difficile à intituler juste.

APRÈS le repas, et nos mille et une réflexions finies, mon oncle Bredouille eut la fantaisie de pren-

dre du Sorbet. Pour la satisfaire,
nous nous rendîmes à cet endroit
si célèbre dans toute la péninsule,
à cet endroit qui est à la fois un
Jardin, une Cour, un Forum,
une Halle, une Bourse, un Musico,
un Caravenserail. . . . .

Où l'on trafique de toutes les
marchandises possibles, même de la
beauté, même de la laideur, même
de l'honneur, même du deshonneur.

Où l'on peut à l'encan, se procurer jusqu'à des Jn'ss'rs. Vase singulier
qui retient toutes les lies, reçoit toutes les écumes et ne contient que par
hasard, et par courts intervalles,
quelques goutes de liqueurs pures.

Receptacle incroyable des choses

O 2

les plus bizâres, les plus oppo-
sées, les plus monstrueuses.

Alambic fantastique où l'on dis-
tille par jour, 1, 2, 3, 4, 5, 6,
7, 8, 9, doses politiques, dont
chacune produit, $\frac{2}{4} \times 3 + \frac{11}{5} \times$
900000 $\frac{o}{o} \times \frac{o}{o} \times o = o$ de résultats opposés.

Une chose plus extraordinaire
encore que tout cela, c'est le ménage de celui qui en faisoit une partie de son revenu, ménage dans
lequel, malgré que sa grammaire
ne connoisse aucune règle, toutes
les vertus sont au féminin, et les
vices au masculin.

Au surplus le Sorbet y est fort
bon : mais il faut y amarrer sa tasse

pour qu'elle ne soit pas culbutée vingt fois, et vîte changer d'air, à moins que l'on ne soit de longue main familiarisé avec les miasmes les plus pestilentiels.

Cependant en tenant constamment sous son nez du vinaigre impérial, on peut y être quelques instans, et alors on ne laisse pas que d'être amusé par les discoureurs dont l'endroit abonde.

CHAPITRE LXXXI.

Supérieurement raisonné.

IL y avoit entr'autres un Altidor et un Surtalon qui dissertoient sur la grande affaire des Pompes. L'un parloit en faveur de la montagne, l'autre en faveur de la plaine : et comme leur dialogue fixa l'attention universelle, je l'ai jugé digne de mes lecteurs. Le voici donc exactement tel que nous l'entendîmes, et tel qu'il fut entendu de ses plus intrépides applaudisseurs ; car je leur ai montré ma copie et ils l'ont trouvé parfaitement conforme.

L'ALTIDOR. --- ▬▬▬▬▬▬▬▬▬▬▬▬▬▬▬▬ ▬▬▬▬▬ atqui ▬▬▬▬▬▬▬▬▬▬▬▬▬▬▬ ▬▬▬▬▬ ergo vous avez tort, et j'ai raison.

LE SURTALON. ---- ▬▬▬▬▬▬▬▬▬▬▬▬▬▬ ▬▬▬▬▬▬▬▬▬ atqui ▬▬▬▬▬▬▬▬▬ ergo vous avez tort, et j'ai raison.

L'ALTIDOR. ---- ▬▬▬▬▬▬▬▬▬▬▬▬▬▬▬ ▬▬▬▬▬▬▬ atqui ▬▬▬▬▬▬▬▬▬▬▬ ergo vous avez tort, et j'ai raison.

LE SURTALON. ---- ▬▬▬ ▬▬▬▬▬▬▬▬▬▬▬ ▬▬▬▬▬▬▬▬▬ atqui ▬▬▬▬▬▬▬▬▬ ergo vous avez tort, et j'ai raison.

L'ALTIDOR. --- ▬ ▬▬▬▬▬▬▬▬▬▬▬▬▬▬▬▬▬ ▬▬▬▬▬▬ atqui ▬▬▬▬▬▬▬▬ ergo vous avez tort, et j'ai raison.

LE SURTALON. --- mentionnai mentionnai

mentionnai ATQUI mentionnai
ERGO VOUS AVEZ TORT, ET
J'AI RAISON.

L'ALTIDOR. -- mentionnai mentionnai

mentionnai ATQUI mentionnai
ERGO VOUS AVEZ TORT,
ET J'AI RAISON.

LE SURTALON. --- mentionnai mentionnai

mentionnai ATQUI mentionnai
ERGO VOUS AVEZ
TORT, ET J'AI RAI-
SON.

Ils seroient allés pour le moins
jusqu'aux grandes capitales, toujours en haussant la voix, s'ils n'a-

voient pas remarqué dans un coin,
Madame Jer'nifle, les écoutant avec
un certain sang-froid goguenard,
qui les piqua au point, que s'ap-
prochant d'elle.—« Madame » lui
dirent-ils, « vous qui nous regardez
de je ne sais quel air, seriez-vous
capable de nous mettre d'accord? »

— « Quelque difficile que cela
puisse être, » répondit Madame
Jernifle, « cela ne me seroit pas
impossible si vous vouliez m'entendre : mais c'est ce qui ne seroit
certainement pas ; et je ne sais qu'un
être capable de vous convaincre. »

Tous deux ayant desiré le connoître :

— « Tenez, » ajouta-t-elle,
« voyez-vous là-bas, là-bas, tout

là-bas, cette vieille femme dont le maintien est si réfléchi, qui est assise sur une roche, le coude appuyé sur un clepsidre, dont le sable est écoulé, tenant dans une main un compas de réduction, tandis que de l'autre, elle dissipe avec un flambeau les fantômes de l'exagération ? Allez la consulter. Sa décision est la seule dont il n'y ait pas moyen d'appeler ».

CHAPITRE LXXXII.

L'emplette.

« PENDANT que nous sommes ici, » dit mon oncle, « j'ai envie d'acheter des joujous pour l'aimable petite fille de la fausse Villageoise : car je veux y retourner dès demain...

« Voyons ; qu'acheterons-nous ? A quoi donner la préférence ? Je ne serois embarrassé que par la quantité, si je voulois --- des turlutaines de renommée, --- des moules à réputation, --- des encriers de calomnie, --- des lunettes prestigistiques, --- des bravoures de parlage, --- des vérités de follicules,

— de la poudre fulminante, — des verres ardents, — des mèches incendiaires, — etc. etc.

« Mais qu'est-ce donc que ces automates canards qui savent, comme des personnes naturelles, aller à droite, à gauche, avancer, encore mieux reculer ? Il faut qu'ils soient de quelque composition précieuse ; car il me semble qu'on les achette incroyablement cher. »

— « Point du tout, » dit Madame Jer'nifle ; « mais le moment ...»Elle fût interrompue par un marchand qui nous proposa des siflets. »

— « Il ne pouvoit venir plus à propos, » dit mon oncle, « je vais en acheter pour la petite fille. Tout en jouant, elle en jugera plus d'un,

suivant

suivant ses œuvres. » Et mon oncle se rengorgea, tout fier qu'il étoit de la petite malice qu'il venoit de dire.

Et Adule ne manqua pas de lui couler un *bravo* dans le tuyau de l'oreille.

CHAPITRE LXXXIII.

La saisie bien légale.

AU surplus les siflets n'arivèrent pas à leur destination, parce qu'à moitié chemin, nous rencontrâmes des gens, qui se mettant en travers, nous chantèrent le couplet suivant.

P.

Sur un air connu.

Je somm'z'ici postés par Mons'Intrus.
Vous n'pass'rez pas sans qu'l'on vous
   fouille.
Par ainsi l'veut la sur'té du fœtus
Du défunt avocat Barbouille.
   Sans barguigner. . . . . dit-y,
   Et sans r'chigner . . . . s'fit-y,
Faut qu'l'on s'arrête et qu'l'on réponde.
   Nettement dites-nous. . . . . Tubleu !
   N'avez-vous rien sur vous. . Morbleu !
Qui puiss'gêner el pauvre monde !

Et il arriva de-là que les siflets
furent jugés de ce nombre. . . . . . .
Je ne sais trop pourquoi. --- Ap-
paremment, » dit mon oncle, « parce
que toutes vérités ne sont pas bonnes
à dire. »

Nos mouchoirs furent sur le point d'éprouver le même sort, parce qu'ils étoient, disoit le spirituel proposé, une preuve que nous étions des gaillards qui ne se mouchoient pas du pied. Cependant l'aréopage ayant délibéré, on nous fit la grâce de nous les laisser.

Il en fut de même de ceci, de cela, de tout enfin........ Mais, en dernier résultat, nous en fûmes quittes pour les siflets.

Assez d'autres voudroient pouvoir en dire autant.

CHAPITRE LXXXIV.

Evénement satisfaisant.

NOUS n'en reçûmes pas un moins bon accueil de la fausse Villageoise. D'ailleurs, « nous dit-elle, voilà l'avantage de la campagne ; c'est que tous les âges y trouvent dans tous les objets, amusement et occupation réunis ; et l'on y est dispensé d'avoir recours à ces futilités dont on s'ennuye d'autant plus vîte qu'elles ne sont destinées qu'à amuser. »

En disant cela, elle pansoit le blessé avec ce soin de la vraie com-

passion qui soulage encore plus que
les remèdes ; et elle y joignoit une
patience si édifiante, des paroles
si douces, une grâce si aimable....

Nous étions aussi émerveillés
qu'attendris, lorsque nous vîmes
entrer un vieux Surtalon qui, s'é-
lançant sur le lit, ——— Ah ! mon
fils ! mon cher fils ! » s'écria-t-il,
c'est bien toi ! .... je respire....
Ah ! comme j'ai tremblé, lorsqu'en
m'apprenant ton accident, on m'a
dit que tu étois chez une Altildor,
qui pourroit profiter de l'occasion
pour se venger de la haine que tu
leur portes ! mais je vois, mon cher
enfant, que je me suis beaucoup
trompé. »

— Oh ! beaucoup, » répondit le

blessé. » vous-même n'auriez pas
fait plus pour moi que cette digne
et respectable dame. »

— « Mais que vois-je ? » reprend
le vieillard, en fixant la fausse Villageoise. » Non, je ne me trompe
point, c'est elle-même. Ah ! je ne
suis plus étonné, mon enfant, c'est
le Ciel qui a envoyé à ton secours
la plus charitable dame qui se soit
jamais vue. Elle a toujours été l'a-
pui du foible, la consolation du
malheureux, la ressource du pauvre. La plus chetive chaumière, le
plus triste grabat, rien ne la rebu-
toit. Elle laissoit à la porte ses
grandes échasses, et descendoit tellement au niveau de ceux qu'elle
assistoit, que ceux-ci auroient pû

croire qu'elle avoit de tout tems marché comme eux terre-à-terre. Il ne doit pas lui en avoir coûté pour renoncer à cette grandeur contre nature. Elle étoit si accoutumée...! »

Le pauvre homme ne pût en dire davantage, tant son cœur étoit plein de sensations.

Il prit la main de la dame, la baisa à diverses reprises, en répétant chaque fois; — « oh ! que mon fils est heureux! qu'il est heureux! que je voudrois pouvoir reconnoître.....! Mais permettez, souffrez, ma bonne dame, qu'aumoins. . . . . »

Il sortit de sa besace, des pommes qu'il offrit à l'enfant, et que celle-ci reçut avec une affabilité qui an-

nonçoit l'habitude d'agréer les pré-
sens du pauvre.

Adule voulut saisir cette occasion
pour surprendre la dame. Le conseil qu'il avoit donné précédemment
ne lui ayant pas réussi, il crut être
plus heureux en employant son
moyen ordinaire, et lui adressa un
compliment......... qui ne fut pas
mieux reçu. Il n'obtint en échange,
qu'un regard. ,.............Ce n'étoit
pas précisément du dédain. L'aimable mine de la dame ne s'y seroit pas prêtée ; mais ce regard-là
n'en signifioit pas moins très-clai-
rement. — « Petit imbécile, tu
t'épargnerois tant de frais, si tu
savois combien ton encens paroît
fade à ceux qui trouvent au fond

de leur cœur, le prix de leurs actions ! »

CHAPITRE LXXXV.

Une heure après.

LA porte s'ouvre ; on entre.....
Vous ne serez pas surpris quand
je vous dirai que c'étoit le frère de
la dame. Il a promis de revenir,
et vous ne l'avez peut-être pas
oublié.

Mais ce qui vous étonnera, ce
sera d'apprendre qu'il est à pied,
oui, tout-à-fait à pied, absolument
terre-à-terre : pas la plus petite
échasse, pas même de hauts talons ;

en un mot, au niveau de nous tous.

Il courut dans les bras de sa sœur,
lui fit, et à l'enfant, les plus ten-
dres caresses, là, de ces caresses
qui peignent à la fois l'abondance
et la vérité des sentimens.

Vous êtes sans doute curieux de
savoir la cause d'un changement aussi
complet. Ecoutez ; il va vous en
instruire lui-même.

— « Trop confiant dans la hauteur de mes échasses, et dans l'idée
que j'avois de leur solidité, j'osai bra-
ver le torrent, (1) quoiqu'il fût dans
sa plus grande fureur ; je lui résistai
pendant long-tems : mais enfin il

_____

(1) Il auroit dû nous dire si c'étoit
un torrent d'eau.

fallut céder à sa force, à sa rapidité. Je perdis l'équilibre, je tombai, et j'allois périr fracassé, sur le bloc des roches aigues qu'il roule dans sa course, lorsqu'un vieillard de la classe des Surtalons ; . . . . remarquez que le moment d'auparavant j'avois, dans ma marche précipitée, foulé une partie son jardin, sans aucun égard pour ses cris...... Eh bien ! dès qu'il voit mon danger, il oublie mes torts, quitte sa bêche, se prosterne à genoux pour demander l'assistance de l'Etre Suprême, s'élance dans le torrent ; et, après avoir luté quelque tems contre les flots, parvient à m'arracher à leur fureur. »

« Dès que je fus hors de dan-

ger, mon premier soin fut de lui
offrir ma bourse. — « *Mon Dieu?*
« me répondit-il, en repoussant la
main qui la lui présentoit; *vos pa-*
reils croiront-ils donc toujours que
tout se paye avec de l'or? — « *Mais*
brave homme, recevez aumoins un
dédommagement du dégât que j'ai
fait. . . . . »

— « *Si vous me l'eussiez offert*
dans le tems, je l'aurois accepté
volontiers, car je ne suis ni riche
ni fier; mais à présent il me sem-
bleroit que c'est le paiement du
service que je vous ai rendu, et
j'aurois l'air de vendre une bonne
œuvre. »

« Cette sublime réponse produisit
sur moi un effet que je ne puis rendre

dre. Transporté, ravi d'admiration, je me jetai à son cou, et l'étreignis dans mes bras. Ensuite prenant mes échasses, et les brisant devant lui, — je n'en veux plus, m'écriai-je, c'est avec elles que j'ai dévasté le jardin de mon libérateur. — Je me garderai bien, me dit-il, de refuser cette preuve de votre sensibilité, parce que je crois qu'au tems où nous sommes, ce sacrifice est le seul moyen d'être heureux. »

— « J'abrège pour vous dire que ce brave homme finit par m'offrir de partager un repas frugal. . . . . Mais que vois-je ? c'est lui ! c'est lui-même ! c'est ce brave vieillard !... » et déja il tenoit dans ses bras le père du blessé.

Q

Ainsi, pendant que la fausse Villageoise sauvoit la vie au fils, le
frère de celle-ci étoit arraché à la
mort par le père. Ainsi la véritable humanité ne connoît ni les
classes, ni les distinctions, et rap-
proche par un échange de bienfaits,
les êtres les plus opposés.

Je ne répéterai point ce qui se
dit dans cette scène intéressante. Il
faudroit y joindre cette pantomime
d'admiration, d'hilarité, de noble
orgueil, d'épanouissement, un ensemble, enfin, dont aucune expression ne pourroit approcher. Madame
Jer'nifle elle-même, la froide Madame Jer'nifle ne cessoit de répéter
du ton de la plus vive émotion.
-- « Quel exemple ! quel sublime
exemple ! »

Mais que pensez-vous de cet imbécile d'Adule, qui, oubliant la leçon qu'il avoit reçue quelques instans auparavant, eut encore la sottise de vouloir mêler aux élans de nos cœurs, des bouffées de son encens ? Nous n'y fîmes attention que pour le mépriser ; et notre dédain bien prononcé lui démontra péremptoirement ce que la fausse Villageoise avoit eu n'aguères l'honnêteté de ne lui exprimer que des yeux.

Q 2

CHAPITRE LXXXVI.

Nouvelle séparation.

QUEL dommage de ne pas rester éternellement avec de si braves gens, quand on a le bonheur de les rencontrer ! cela est si rare ! Mais une maudite lettre...... maudite, d'abord, parce qu'elle nous forçoit de partir ; ensuite parce que...... Au surplus, qu'importe ce qu'elle contenoit ? elle nous obligea de partir ; voilà l'essentiel.

Je ne vous dirai pas quels furent nos regrets. Vous pouvez les juger ; et en vérité, s'il falloit vous dire

jusqu'à ces choses-là , ce ne seroit
pas la peine de vous parler.

CHAPITRE LXXXVII.

La lettre en question.

TOUTE réflexion faite., pourquoi
vous refuser la communication de
cette missive ? Jusqu'ici je n'ai rien
eu de caché pour vous , je ne veux
pas commencer par elle ; la voici
donc :

Mon cher cousin ,

Celle-ci est pour vous faire part
d'un événement fâcheux que vient
d'éprouver notre commun parent,
l'entrepreneur des voitures. Je ne

Q 3

sais quel mauvais génie lui a soufflé d'accorder sa confiance à un certain Jactancer, le plus déterminé niveleur qui ait jamais existé, et en même tems bouffi à en crever, de l'orgueil le plus dissolu.

Il a commencé par se récrier contre cette vieille routine, d'après laquelle une pauvre rosse est attelée à la chârette, un lourd normand à la pesante guimbarde, tandis que le fringant troteur est destiné à l'élégant wiski, et la mignone jument à passader dans une promenade.

Les uns comme les autres sont des chevaux, dit-il, et ont droit à un égal traitement.. Le sort doit seul décider.......... Mais l'expérience lui ayant appris que fort souvent il est comme ces cuillers percés qui ne ramassent que l'écume, il aima mieux s'en rapporter au hasard.

D'après cela, voilà mon homme mêlant tout, brouillant tout dans l'écurie de notre parent. Je ne vous dirai pas, mon cher cousin, les différens et bizarres résultats de ce tripotage. Le diable lui-même n'auroit pu y rien comprendre- Je me réduirai à vous dire que, pour sa première sortie, le hasard composa son attelage, d'un cheval qu'il avoit toujours mené dans sa précédente condition, et d'un cheval rétif, fougueux, ne pouvant souffrir aucun frein, et ne connoissant de maître que pour en recevoir son avoine.

Après des peines infinies, il parvint à placer les deux animaux côte à côte ; puis , suivant son système , de n'employer ni guides , ni fouet, il se met à leur adresser de belles phrases.

Allons , ma vieille Cateau ; allons mon enragé. Obtempérez tous deux au desir de votre ami; il vous en sera infiniment obligé.

Cateau, que l'habitude et le goût de son devoir avoient rendu docile à la voix de son conducteur, avançoit, ou plutôt vouloit avancer ; car son compagnon , qui ne savoit que se cabrer devant les procédés , rendoit sa docilité inutile. Le tout finit par culbuter la voiture, les roues en l'air, et l'impérial sur le pavé.

Heureusement que c'étoit un de ces berlingots de vieille construction, dont l'ancienneté garantit la solidité. Il ne fut pas brisé, et Jactancer parvint à la remettre à peu près sur pied.

Dans ce moment, il lui tombe entre les mains un pamphlet dans lequel un bon apôtre prétend qu'il est humiliant pour les grandes roues de se laisser primer par les petites. Notre original, qui ne trouvoit rien de ridicule, dès que cela cadroit avec son systéme, prend la plaisanterie au sérieux.

— » Ce bon apôtre-là a raison, dit-il, et les grandes roues doivent être d'autant plus impatientes qu'elles sont depuis plus long-tems subordonnées aux autres. Pour les dédommager, il faut qu'elles priment à présent. »

Il les fit donc primer, et il en résulta..... ce qui devoit en résulter. La caisse de la voiture, trop exhaussée sur le devant, traînoit dans la boue.

« Etourdi que je suis, » s'écriat-il du ton d'un homme qu'une lumière subite remet dans la bonne voie, » je mérite ce mauvais succès, pour m'être un instant écarté du systême par excellence, celui d'une parfaite égalité. C'est sur la même ligne que toutes les quatre doivent être. »

Mais il y avoit encore l'avantage de la droite sur la gauche, qu'il falloit anéantir. La ressource de tirer les rangs au hasard vint encore s'offrir. Il l'employa : mais ensuite comment les placer ? comment faire avancer la machine ? comment ceci ? comment cela ? Jactancer y perdit la tête, et tout le monde se mocqua de lui............ excepté notre cher parent, à qui il reste de cette expérience, une voiture maléficiée, des chevaux estropiés, et dans son écurie, un désordre peut-être irréparable.

Venez au plus vîte, mon cher cousin, l'aider de vos conseils, et joindre vos consolations aux nôtres.

Vous voyez que d'après cela il falloit partir, et nous partîmes sur-le-champ.

CHAPITRE LXXXVIII.

Obstacle.

MAIS partir et arriver sont deux choses si différentes ! demandez à ces Messieurs. . . . .

On ne pouvoit se rendre chez notre parent, qu'en s'embarquant sur la rivière de la grande ville de Néómanie : mais arrivé-là, il se trouva que les plumaliers en avoient tellement agité, troublé, soulevé les flots, qu'il n'y eût pas moyen

d'alle

d'aller plus loin. Il fallut se borner à une lettre de doléance. Encore avons nous su par la suite que la san-hermandad l'avoit interceptée, parce qu'elle y avoit decouvert trois virgules, et un quart de point d'exclamation, qui n'étoient pas d'une orthodoxie parfaite.

Heureusement que mon oncle Bredouille portoit un nom qui convenoit à tant de gens, que les grands inquisiteurs craignirent de prononcer, sans le savoir, contre quelqu'un de leur famille.

Cela nous préserva de toute poursuite : mais, hélas ! notre parent fut privé des consolations que nous lui avions adressées ; et nous avons su sa mort en même tems que le

I　　　　　　　　R

sort de cette lettre, qui peut-être
l'auroit rappelé à la vie ; car l'intérêt de la vraie amitié est un
si puissant spécifique contre le
chagrin !

CHAPITRE LXXXIX.

Spectacle de la Foire.

— « NE pourrions-nous pas » dit
Adule, » chercher à nous distraire de
ce chagrin, en allant, à la foire, par
exemple? J'ai-là une adresse qui an-
nonce des choses singulières. Voyons
d'abord ce qu'elle dit. »

Ménagerie curieuse.

Un Serpent à sonette , très-bruyant, mais ne faisant ni peur, ni mal à personne.

Un Louveteau, dont la principale singularité est une queue de Paon, avec laquelle il fait la roue, en se rengorgeant, quand on lui montre du rouge.

Un Monstre de la Méditerranée qui paroît être l'assemblage et le type de toutes les monstruosités possibles,

« Ses longs mugissemens font trembler le
　　rivage.
Le ciel avec horreur voit ce monstre
　　sauvage.
La terre s'en émeut, l'air en est infecté.
Le flot qui l'apporta, recule épouvanté. »

Le COUVRE-CHEF, espèce d'é-

cume du grand cap - Armorique pé-
trifiée, au point de donner du feu
au moindre choc.

Un Mulet à ronde crinière, hen-
nisant, ruant, mordant quicon-
que s'avise de le tracasser ; la ter-
reur des Pénélopes, mais l'amour
des filles de Jérusalem.

Un Nain, dont l'excessive naï-
nerie est d'autant plus remarquable,
qu'il est d'une race de Géants,
connus depuis plus de seize mille
lunes. On est redevable de cet
article à l'avarice ; car c'est un
fesse - Mathieu qui l'a apporté
dans notre hémisphère.

Un Cochon conculix, plus dan-
géreux sous son second sexe que sous
son premier.

L'ELASTIQUE, animal d'une grande nature , et se grandissant encore plus , quand on le laisse à lui-même , mais se réduisant à l'infiniment petit, pour peu qu'on le serre de près.

Beaucoup de Caméléons.

Plusieurs Plongeons , curieux par leur adresse à disparoître , dès que l'on fait mine de les coucher en joue.

Un grand nombre d'Anes bariolés, dont le braire auroit ébranlé la forêt de Dodonne.

Encore plus d'Oisons qui disent *oui* et *non* aussi - bien que des perroquets.

Les places sont d'un denier fin , parce qu'il n'y en a pas un qui ne mange plus de cinq cent livres par chaque lune.

--- « Voilà qui m'en dégoute, » dit mon oncle. » J'aime mieux rester à la maison.

CHAPITRE XC.

L'éloquence gauche.

» ET bien ! « dit Adule, » puisque force nous est de rester, mettons au moins le tems à profit, en faisant un cours de belle parlerie, afin de briller quand nous retournerons dans notre pays. Nous sommes à la source des petites formules à grands effets ; et si nous pouvons en attraper quelques-unes , nous sommes sûrs de passer à peu de frais pour des aigles de science. »

— « Rien de si facile » répondit celui-ci , » voilà une liste de ceux qui ont *argutié* le plus haut , hier, dans le tonneau de la grande parlerie. Leur demeure y est. Nous irons les voir , et nous tâcherons d'obtenir de l'un d'entr'eux, qu'il veuille nous initier. »

En disant cela , Adule présenta à mon oncle , la liste suivante.

BLAME-TOUT , rue Clabauderie, à la feuille rouge.

DU RAPPORT , rue du Blanchissage , dixième maison , mais sous le N°. 8bre entre les étages cinq et six.

DE-CI, DE-LA, rue des Circonstances, sous la Girouette.

TARTUFFOLI, rue Souterraine, quartier des détours.

GEAI-PAON, rue de la Chancellerie, à la grenouille enflée.

GRANDIN DU PIQUANT, autrefois assez haut sur la montagne, actuellement dans les tavernes de la voie des boucheries, sous le nom de JAVOTTE, BASSE ALLURE.

TAILLE CHEF, rue du Tranchoir, à l'Estrapade.

EX-ROTA, rue Scelerum omnium.

LES ÉROINETS, rue de la Méconnoissance, à l'enfant qui mord sa nourrice.

CHAPITRE XCI.

Où l'on retrouve un personnage auquel on ne pense plus.

J'AI oublié de dire que, dans notre maison, se trouvoit, cette fois, ce même jeune auteur que nous avions rencontré sur le vaisseau, qui étoit si tranquille au milieu de la tempête.

Cette tranquillité avoit donné de l'humeur aux passagers, parce qu'ils avoient prétendu y voir une critique de leur turbulence ; et avec

cette expéditive formalité , dont
les plus forts usent si lestement
avec ceux qui ne leur sont pas
conformes , ils l'avoient jeté
à la mer. Mais une bonne fée,
qui savoit que ses ouvrages étoient
destinés à distraire une autre fée,
d'un ordre supérieur , mais aussi
malheureuse qu'attachante , avoit
jeté sur les flots une feuille de
rose, dans laquelle il avoit abordé
doucement à un port voisin.

A la manière dont il parloit du
danger qu'il avoit couru , on l'eût
cru l'homme le plus indifférent.
On le jugeoit aucontraire le plus
sensible des êtres , quand il ex-
primoit la jouissance quil goûtoit à
un travail dont l'objet étoit dé-

mousser quelques-unes des épines
que la méchanceté avoit répandues
sur les pas de la fée infortunée.

Belle occasion pour Adule.
Aussi voulut-il en profiter : mais
à peine avoit-il fait le mouvement de se mettre en posture
pour le coup d'encensoir, qu'il
fût arrêté tout court par un regard
que lui lança le jeune auteur,
regard du genre de celui avec lequel
la fausse Villageoise lui avoit im-
posé silence, et voulant dire la
même chose.

CHAPITRE XCII.

Tenant au précédent, et un peu au quatre-vingt-dixiéme.

MON oncle qui, comme tous les Bredouilles de l'univers, étoit le fléau des auteurs, par sa rage de les consulter, voulut avoir l'avis de celui-ci, sur la liste qu'Adule venoit de lui remettre.

Le jeune homme, après y avoir jeté un coup - d'œil ;

« C'est fort bien, dit-il, (car c'est toujours par approuver qu'il faut commencer avec les Bredouilles, sur-tout en Néomanie.) « c'est fort

fort bien ; mais voici quelques adresses où vous trouverez du beaucoup meilleur. »

Et il se remit à écrire sur des tablettes sentimentales qui étoient devant lui.

Mon oncle, encore suivant l'usage, vouloit faire succéder les questions : mais Madame Jer'nise l'enmena, en lui faisant observer que l'objet du travail du jeune homme étoit trop précieux pour qu'on ne respectât pas ses momens.

Nous nous retirâmes donc dans notre logement. Dès que nous y fûmes, nous nous occupâmes des adresses qu'il nous avoit remises. Malheureusement le papier étoit

S

déchiré, il n'y restoit que les cinq
suivantes.

LE LÉVITE, rue de l'Homme
armé, à l'intrépidité.

LE PONTIFE, rue Apostolique,
à l'énergie.

COEFFAY, rue Impériale, au
preux Chevalier...

MAISONNÈS, rue Loyale, au vieil
honneur.

Le frère D'EX-ROTA, rue de l'Opposition, à son épée.

CHAPITRE XCIII.

Singulière musique.

POUR achever la soirée, nous nous mîmes à tirer un chiffon que cet Adule avoit encore ramassé, je ne sais où; il portoit en titre.

QUINTESCENCE DE L'ÉLOQUENCE MAJORITAINE.

Après une lecture d'une heure au moins, ... « En quelle langue cela est-il donc écrit ! » demanda mon oncle: »

-- « Ce n'est sûrement pas dans la mienne, » dit Madame Jer'nifle : »

S 2

car je ne parle jamais que pour être
comprise , et , quand je ne le suis
pas , ce n'est ni faute de simplicité
ni faute de clarté. ».

--- Peut-être le seriez-vous au
moins quelquefois, « reprit Adule,
si vous saviez renoncer à votre
vieux style. » -- « Monsieur Adule,
« repartit-elle , » si je voulois de
petits triomphes , je pourrois user
de vos petits moyens. »

Un grand baillement que fit mon
oncle interrompit la dispute et
empêcha de reprendre la suite de
la feuille quintessencielle , en
nous faisant remarquer que nous
aurions dû être couchés depuis
onze minutes ; et nous n'étions pas
encore assez prédestinés pour faire

à une pareille chose, un pareil sacrifice.

. . . . : Mais hélas ! que
peut, en se couchant, dire quand et
comment il se réveillera ! A peine
en-étions - nous à notre premier
somme, que nous fûmes éveillés
en sursaut par un bruit effroyable.

Ce n'étoit pourtant que le duo
que l'on va voir ; et il n'y avoit
que deux sortes d'instrumens : mais
de chacune de ces sortes, il y en
avoit un nombre incalculable, et
par-là dessus brochoient des milliers de voix discordantes, dans
toutes les combinaisons possibles.

'A N N' Q U I N

Alleg ma non tropo.

Pa   ta pan pan pan

Din   din din din din

pan   pan pa ta pan   pan

din   din din din   din din

pa   ta pan pan pa ta pa ta

din   din   din din

pan r. r. r. r. r. r. r.

din din din din din din

r. r. r. r. r. pa ta pan

din din din din din din

pan pan pan pan a ta pan

pan pa ta pan pan pa ta

din din din   din din

pa   ta   pan.

din   din.

Fin du premier Fagot.

www.ingramcontent.com/pod-product-compliance
Lightning Source LLC
Chambersburg PA
CBHW051818020726
47502CB00005B/1515